U1003611

人生品味

——谭新政作品选

谭新政 著

知识产权出版社
全国百佳图书出版单位

内容提要

本书由作者所创作的“歌词、歌曲、诗歌、原创短信、哲理诗词、杂谈”作品中的精华组成。

这些作品不仅讴歌时代，弘扬中华传统文化，传递正能量；而且说古道今，明察暗喻，贴近生活，不失时尚，幽默有趣，脍炙人口。

这些作品的字里行间透射出山水的哲理，万物的真理；做人的道理，做事的明理。

这些作品是对人生的述说与品味，感悟与总结，怀旧与抒情，警示与引导。

对人生的品味折射出人生品位。

我是谁？

我懂谁？我为谁？

我想啥？我为啥？

读完本书，或许你会明白。

本书适合于大众阅读。

责任编辑：荆成恭

图书在版编目（CIP）数据

人生品味：谭新政作品选/谭新政著．—北京：知识产权出版社，2013.4
ISBN 978-7-5130-1944-6

Ⅰ．①人…　Ⅱ．①谭…　Ⅲ．①中国文学—当代文学—作品综合集　Ⅳ．①I217.2

中国版本图书馆 CIP 数据核字（2013）第 050731 号

人生品味——谭新政作品选

RENSHENG PINWEI——TANXINZHENG ZUOPINXUAN

谭新政　著

出版发行：知识产权出版社

社　址：北京市海淀区马甸南村1号	邮　编：100088
网　址：http://www.ipph.cn	邮　箱：bjb@cnipr.com
发行电话：010-82000860 转 8101/8102	传　真：010-82005070/82000893
责编电话：010-82000860 转 8341	责编邮箱：jingchenggong@cnipr.com
印　刷：三河市国英印务有限公司	经　销：新华书店及相关销售网点
开　本：787mm×1092mm　1/16	印　张：16.25
版　次：2013年4月第1版	印　次：2013年4月第1次印刷
字　数：258千字	定　价：48.00元

ISBN 978-7-5130-1944-6/I·285（4782）

出版权专有　侵权必究

如有印装质量问题，本社负责调换。

序

谭新政其人其事

谭新政（又名谭兴政）先生，笔名金山人、求实。研究员。国家标准委全国批发与零售市场标准化委员会委员、中国保护消费者基金会副会长、中国中小商业企业协会副理事长、中国商业联合会零售供货商专业委员会执行主任、中国将军书画院常务副秘书长、北京五洲创意营销策划有限公司董事长、北京五洲天宇认证中心主任、全国企业品牌评价秘书长。

谭新政先生当过农民，修过川湘公路，在工厂当过秘书、办公室主任。1979 年起从事新闻工作，当过记者、编辑、广告负责人。与他人合作办过《神州酒家报》。工作五年之后再深造，获得大学文凭；1987 年晋升中级职称。在从事新闻工作的岁月里，发表了近三千篇消息、论文、特写、通讯、歌词、报告文学等。获得全国奖励和在海内外有影响的代表作品有《长江行游记》、《乌江行游记》、《金佛山游记》、《梵净山游记》、《放鸭郎外传》；论文代表作有《报纸视觉新闻初探》、《大型展览会媒体最佳组合之应用》；歌词代表作有《中国品牌之歌》、《中国售后服务之歌》、《中国企业文化之歌》、《记者之歌》、《诚信之歌》等。1985～1988 年兼任中央广播电视大学“新闻”、“写作”专业辅导教师，连续三年被评为“优秀辅导教师”。

从 1989 年开始，谭新政先生重点进行大型活动、全国性展览及食品营销策划。1994 年以来，先后创立四川五洲广告有限公司、北京五洲创意营销策划有限公司、中国糖酒网、中国策划专家网、中国商品售后服务网、中国诚信交易网、品牌与企业文化网、顾客满意度测评网。2012 年 9 月起，负责管理中央电视台特批的央视网国标频道（xgb. cctv. com）。

1989～2000年，谭新政先生先后成功地把握住全国糖酒商品交易会这个“天下第一大会”阵地，创建全国糖酒会所有的广告宣传形式，认真地为食品企业服务。先后为贵州茅台酒厂、四川宜宾五粮液酒厂、广东健力宝集团公司、山西杏花村汾酒厂、百事可乐公司、内蒙古宁城老窖股份公司等一大批名牌企业做过策划发布广告；成功地为安徽金种子集团、湖北稻花香集团、湖北枝江酒业集团、广东宝中宝集团、河南商粮集团、澳的利集团等公司产品上市做第一次大型策划及广告实施，收到显著效果。谭新政先生带领的公司始终以“诚信天下”为宗旨，成功地推出了一批又一批的企业，在食品行业奠定了坚实的基础，公司被《今日信息报》、《中国广告》、《现代广告》、《厂长经理日报》、《广告导报》、《销售与市场》、《中国策划》、《亚太经济时报》、《人民政协报》、《四川日报》等报刊誉为“食品企业的包装策划大师”、“中国务实策划机构”。

1995年以来，谭新政先生成功策划的其他大型代表案例有“全国绿色希望工程春天大行动”、“中国足球先生暨最佳教练评选活动”、“中国日用消费品展销会”、“金佛山旅游开发”、“全国糖酒商品交易会广告宣传策划”、“澳的利集团五年发展规划”、“银康五年发展规划”等大型项目150多个。发表论文数十篇，编著的书籍有《中国食品务实营销经典案例》、《中国顶级房地产策划案例》全集三册、《感动上帝——全国商品售后服务实用指南（已出版八集）、《售后服务管理师培训教程》、《售后服务认证评审员培训教程》、《商品售后服务管理与评价研究报告》、《售后服务与品牌评价国家标准宣贯丛书》（已出版两集）等。

2000年6月，谭新政先生被评为“中国十大策划专家”，同时，被《人民日报》（海外版）聘为高级研究员。2002年6月被评为“中国十大策划风云人物”。

2003年谭新政先生被中国管理科学研究院特聘为“名牌与市场研究所”研究员；被《人民日报》（海外版）特聘为“中国房产服务专刊”总

策划。

2012年11月，谭新政先生被中国人民大学特聘为研究员。

谭新政先生长期从事策划的主要特点是务实、诚信。既大手笔操作，又注重细节的科学性和艺术性。被业界称为策划专家实战派。他创办的四川五洲广告有限公司、北京五洲创意营销策划有限公司先后荣获“中国著名设计机构”、“中国著名策划机构”称号。

2002年以来，谭新政先生策划、定期承办并担任秘书长的主要活动有：“中国房地产策划大奖赛”、“策划与财富论坛”、“中国美容化妆品营销与策划大奖赛”、“中国食品行业营销与策划大奖赛”、“中国房地产营销与设计大奖赛”、“全国售后服务评价活动”、“全国商业及服务型企业售后服务先进单位评选活动”、“中国营销年会”、“中国国际造型师电视大赛”、“第12届亚太零售商大会暨中国国际商品博览会”、“中国策划评价活动”、“全国商品顾客满意度测评活动”、“全国公平交易（诚信）评价活动”、“全国品牌评价活动”、“全国企业文化高峰论坛”、“全国珠宝饰品评价活动”、“全国酒类行业品牌与服务评价活动”、“全国家居行业品牌与服务评价活动”等。

2003年以来，谭新政先生牵头组织并出资，担任主要起草人，制定了《商品售后服务评价体系》、《商务策划评价规范》、《零售商供应商公平交易行为规范》、《珠宝饰品行业经营服务规范》、《酒类行业流通服务规范》、《家居行业经营服务规范》等国内贸易标准，已由中华人民共和国商务部颁布实施。2009年牵头组织、起草了国家标准《商品售后服务评价体系》、《商业企业品牌评价与企业文化建设指南》两项国家标准，2011年12月30日由国家质量检验检疫总局，中国国家标准化委员会颁布，于2012年2月1日实施。这些标准均填补了国内空白。

谭新政先生经过长期努力，研究并形成了售后服务系统理论。随着《商品售后服务评价体系》标准的颁布实施，经国家商务部推荐（商建函［2007］28号文），中国国家认证认可监督管理委员会批准（CNCA—

2007—152），北京五洲天宇认证中心于2007年8月27日成立，谭新政先生任法定代表人。该中心是目前为止，国内外从事售后服务认证的首家和独家机构，为推动全国企业售后服务工作，提高全社会整体服务水平作出了贡献。

目前，售后服务管理师培训、售后服务认证已在全国大力推广，越来越多的企业重视售后服务。

谭新政先生经过长期努力，形成了品牌与企业文化建设系统理论。我国首部企业品牌评价国家标准《商业企业品牌评价与企业文化建设指南》颁布以后，谭新政先生牵头，并被委任为秘书长。他长年开展品牌评价、品牌管理师培训活动，为贯彻落实国家品牌强国战略方针，促进我国企业品牌评价和企业文化建设作出了突出贡献。

本书是谭新政先生2009年以来创作的作品中的精品。仔细读来，你会发现，这些作品字里行间，一词一句是有历史性、知识性、趣味性、实用性、可读性；特别是杂谈部分，作者在写山画水、谈天说地之间，巧妙地阐述了山水的哲理、万物的真理、做人的道理、做事的明理。

从谭新政先生对人生的品味，可以看到他的人生品位。

荆成恭

2013年2月28日于北京

自　序

我的人生之路

人生如诗如歌，诗是生活中的嬉笑怒骂皆文章，歌是生活中的贫穷富贵皆旋律。

人生如色如味，色是生活中的赤橙黄绿青蓝紫七色光，味是生活中的酸甜苦辣麻五味瓶。

人生如风如雨，风是生活中的东南西北寒暑表，雨是生活中的春夏秋冬轮转钟。

人生如桥如路，桥是生活中的沟沟坎坎搭跳板，路是生活中的山山水水多坎坷。

记忆中的童年。父亲贫农出身，斗大字不识一个，强悍、正直、不认输、认死理。母亲，小地主出身，知书达理，师范女子专科学校毕业，贤慧、温柔、包容，柔中带刚。特定的历史环境促成了父母门不当户不对的婚姻，于是有了我和三个弟弟。

酸涩的少年时代。三年特大自然灾害，风风火火的“文化大革命”，把我们带进异常艰难的年代。曾记得，吃过野菜，尝过观音土，五年不见新衣裳；最想之事，放开肚子吃顿白米饭；最盼望之事，过年吃够红烧肉；最奢望之事，穿一双崭新的解放鞋。屋漏偏逢连阴雨，一场大火，毁掉了斗地主分给我家的高楼瓦房十余间、母亲嫁给父亲的陪嫁、古老家具数十件，从此家无片瓦、腰无分文。

求学中的我。一场大火，家徒四壁，无安身，寄居叔伯家。父母亲承担着巨大的精神压力、生存压力，每天劳作十四个小时以上，除养活一家老小外，还要千方百计供我上学。他们坚信：书中自有大瓦房，书中自有白米饭。于是，我虽几度辍学，但在父亲的八方奔走，求爷爷告奶奶之后，又几上小学、初中、高中。苦命的孩子，知道发愤，苦读；苦读、发愤。记忆中，从上小学到初中、高中，成绩年年列在全校一二名。曾记得，高中期间，我利用周末，背过运力，拉过板车，挣得十块八块，补贴生存与温饱。因学习拔尖，当上学习委员、班长、校团委委员，校团委宣传部长，《战地黄花报》主编，在省、市报刊发表过十余篇诗歌、文章。

特殊的年代，历史的岁月，剥夺了许许多多优秀学生报考大学的权利，1975 年，高中毕业的我只有回乡务农。

当工人和记者的我。是金子埋在地里也放光，是良马就会遇到伯乐。毕业回乡不到半年，我被招工，当上了川汉公路修路民工，仅挖了半天泥巴，就调任分队任文书、中队通讯员、大队笔杆子。两年不到，就被特招进化肥厂，任办公室秘书、宣传干事。又一年，我在县政府官员与记者之间选择了后者，一干就是十多年。这期间，最大的愿望就是当上新华社记者，阴差阳错，有三次机会都错过；最高的理想就是在人民日报头版发一篇文章。于是，我拼命地写，最多一年在地区、省、国家级报刊上发表了 560 多篇文章。当记者的十多年累计发表了三千多篇消息、通讯、特写、报告文学、游记、论文等。于是，我被破格晋升中级职称，分房，加薪。同时，一边上中央广播电视大学，为一张文凭奋斗；一边兼任中央广播电视大学“新闻”、“写作”辅导教师，连续三年获得“优秀辅导教师”称号。

闯市场的我。改革开放的春风吹遍大江南北，我联合有志之士创办了中国第一张彩色报纸《神州酒家报》，于是有机会任《中国食品》杂志记者，任全国糖酒会会刊编辑部编辑、西南办事处主任。于是，有了自己的公司；于是，利用全国糖酒会这个大舞台，创建了所有的广告宣传模式，策划、扶持了一批食品企业成长、壮大；于是，我创造食品行业营销奇迹，创建了全国糖酒会宣传辉煌的历史。

为标准辛苦奋斗十余年的我。十多年前，我其实不懂“一类企业卖标准，二类企业卖品牌，三类企业卖产品”的道理。只是想为老百姓办点实事，把“售后服务”纳入正规化、法制化轨道。我想，中国总有一天要走上大国复兴之路，中国总有一天会实现中国梦，中国总有一天实现宪政梦。如果宪法是推行民生民主的方向和灯塔，那么标准是引导改革发展的目标和准绳。于是，我走上了自己挣钱用于研究、组织、起草标准的不归路。十多年来，牵头制定了《商品售后服务评价体系》、《商务策划评价体系》、《零售商供应商公平交易行为规范》、《珠宝饰品行业经营服务规范》、《家居行业经营服务规范》、《酒类行业流通服务规范》、《商业企业品牌评价与企业文化建设指南》等十余部国家标准和国内贸易标准，填补了我国的空白，为促进全社会提高服务水平、推动品牌强国作出了一份贡献！

许多人当众或背地问我：“老谭，你至今在京没车没房，图啥？我坦然：家有房产千幢，晚上一张床足矣；家有财产万千，一日三餐足矣。”

我是谁？

我懂谁？我为谁？

我想啥？我为啥？

读读《人生品味——谭新政作品选》，或许你会明白！

作者

2013 年 2 月 21 日于北京

目　　录

大 中 国
（歌词）

诚信之歌

古人立信一杆秤，
“福、禄、寿”三颗定盘星：
少一缺福，做事莫亏心；
少二短禄，老天看得清；
少三折寿，三尺之外有神灵。
好运跟着公平行，
诚信添福子孙命。

当今做人先讲信，
“假、伪、空”害己害人民：
作假惹祸，引火烧自身；
虚伪生灾，灾难降亲邻；
空话坏事，雾里看花毁功名。
老实为人不会贫，
诚信做事福来临。

立人之本讲诚信，
国泰民安永太平；
齐家之道有诚信，
家和人喜万事兴；
为政之基靠诚信，
通天大路任我行；
经商之魂要诚信，
山变金来水变银。

中国品牌之歌

品牌为百姓生活架起健康桥梁，
时代列车快乐起航！
窗外飘来莺歌燕舞七彩画廊，
欢乐的人民迈进小康！

品牌为构建和谐根植肥沃土壤，
诚信中国谱写天下华章，
花开四季争奇斗艳喜气洋洋，
和谐的歌声九州唱响！

品牌为环球世界铸就共同理想，
品牌强国吐气眉扬，
万象更新享誉尊重百姓安康，
中华民族屹立世界东方！

品牌在东西南北八面四方，
品牌在河流山川沙滩牧场，
品牌似热血在心中流淌，
品牌是生长万物的太阳！
强国兴邦，中国品牌！
品牌中国，强国兴邦！

中国自主品牌之歌

你支撑共和国经济的总和，
你夯实百姓物质生活的依托；
你是一滴水，
滔滔经济大潮有你的融合；
你是一块砖，
广阔农业大厦奠定了你的基座；
曾记否？
造纸、火药、指南针，人工开通大运河；
万里长城、都江堰、活字印刷记收获。
民族品牌像繁星汇银河，
唱响振兴中华一路歌；
打起鼓来敲起锣！

你主宰新中国创新与开拓，
你引领第三世界赶超世界强国；
你是一颗钉，
隆隆产业机器有你的穿梭；
你是一张纸，
顶尖科学宝塔写下了你的承诺；
数今朝，
核弹、氢弹、原子弹、“神舟”飞船开天锁，
杂交水稻、中草药、汉字照排汇丰硕；
中国创造如溪水流长河，
驾驶繁荣祖国大航船；
扬满帆来鼓满舵！

中国企业文化之歌

假如人间没有和谐的音乐奏响，
天上的月亮就会失去闪亮光芒。
如果企业没有先进的文化思想，
长路漫漫长路彷徨，长路彷徨。
让企业文化和弦悠扬，
叫民族工业发达兴旺。
路在脚下，路在前方！

假如天空没有嘹亮的歌声回荡，
地上的人群就像终年不见太阳。
如果品牌没有先进的文化传扬，
千里迢迢千里迷茫，千里迷茫。
让企业文化歌声激昂，
叫神州大地品牌放光。
强国富民，和谐安康！

习惯规则的总和统称文化思想，
先进的企业文化谱写成功篇章；
企业文化养育企业成长健康，
中国创造走向四面八方。

中国售后服务之歌

禾苗长得壮，
常要除草忙；
红花开放，
施肥跟上；
森林长得旺，
天天迎太阳。
售后服务质量好，
产销一路畅。

机器轰隆响，
维修不可忘；
车船驰骋，
保养跟上；
电视不断嗓，
上门服务忙。
售后服务口碑好，
品牌长城长。

国家标准牢记心上，
评价体系为服务行为丈量；
心中装着一轮温暖的太阳，
照耀着用户大树快乐成长。

打假之歌

海市蜃楼，楼晃闪金辉，
美轮美奂，眨眼变烟灰；
怒放昙花，花开谢奇蕊，
大红大贵，转身无情摧。
雾锁三山红叶坠，
紫气东来峰又翠。

滥竽充数，美音怕单吹，
假凭伪证，职场终身悔；
鱼目混珠，虾米敢充魁，
浪沙淘尽，海底见金龟。
掺金假银人品毁，
烈火锤炼本色归。

真作假来假原罪，
千人唾骂万人捶；
假扮真来真也碎，
良心本分几时回？
借我，借我一把无情锤，
打假，打假号角声声吹。

安全中国

一

安全发展，美好愿望，我们的使命，
走遍天下不会血流创伤。
钻井塔温柔似挺拔的白杨，
瓦斯长眠不再疯狂；
脚手架亲密与白云对唱，
车船在快乐中驶向远方；
叫洪水不再吞食城乡，
让血与火从脚下消亡。

国泰民安，生命至上，神圣的职责，
幸福家庭不会泪干断肠。
爹娘休闲享受长寿和安康，
儿女在阳光下成长；
亲爱的依偎在甜蜜的梦乡，
姐妹沐浴着春天的太阳。
叫祸殃不再蔓延滋长，
让灾和难从眼前消亡。

《安全法》牢记心上，
安全的警钟时刻敲响；
安全中国，我们神圣的使命，
安全发展，我们祈求的希望！
安全发展，国泰民安。
安全中国，和谐四方！

安全中国

二

安全中国是我们神圣的使命，
走遍天下不会血流创伤。
钻井塔温柔似挺拔的白杨，
瓦斯长眠不再疯狂；
脚手架亲密与白云对唱，
车船在快乐中驶向远方；
叫洪水不再吞食村庄，
让血与火从脚下消亡。

安全中国是我们祈求的希望，
幸福家庭不会泪干断肠。
爹娘休闲享受长寿和安康，
儿女在阳光下成长；
亲爱的依偎在甜蜜梦乡，
姐妹沐浴春天太阳。
叫祸殃不再蔓延滋长，
让灾和难从眼前消亡。

《安全法》牢记心上，
安全的警钟时刻敲响；
安全中国，我们神圣的使命，
平安是福，我们祈求的希望！
安全中国，中国安康！

中国名片

昆仑山中莲，
峨眉石上藓，
百根百草加点甜，
中国草药活神仙。

文章留为简，
活字做成铅，
多音多义舞蹁跹，
中国汉字谱新篇。

航母大海潜，
神九飞云天，
核武歼十保家园，
中国创造赶上前。

柔中带着刚，
刚里藏有绵，
能文能武万万千，
中国品格意志坚！

树活皮，人活脸，
海活绵，山活险，
居家活清闲，
国家活名片！

草活绿，花活鲜，
地活连，天活边，
居家活清闲，
国家活名片！
龙子龙孙活志活创先，
中国创新打造新名片！

大中国

一

中国人

盘古开天乾坤依旧，
女娲造人超凡自由。
炎黄子孙情开难收，
新愚公壮志未酬；
改天换地要把劲儿使够，
夸父神农天天出手。
风平浪静你争上游，
天难国仇你冲前头。
不是笑也不是愁，
血脉传承到永久；
不是弃也不是留，
黄肤黑眼与天地同寿，
与天地同寿。

大中国

二

中国药

一把草长，百草成汤，神农尝了众人尝；
一根针灸，百针成芒，华佗试了万人上。
普济众生一碗草药汤，
救死扶伤一把刺针芒。
五禽戏，强身健体功德无量，
麻沸散，刮骨疗伤百世流芳。
岁月苍苍，人海茫茫，
百毒入侵中药抵挡。

一本《难经》，传录病伤，扁鹊神医美名扬；
一套《本草》，解读蛮荒，时珍通晓开千方。
望闻问切，把握人气场，
麻醉针灸，弥合内外伤；
脉诊断，识破人身五肺六脏，
妙处方，顺应天地日月星光。
大国泱泱，儿孙满堂，
寻根治本，中药为王。

大中国

三

中国字

仓颉造字象形千秋，
许慎说文世代风流。
拼音汉语播种九州，
风骚独领笑全球；
方块文字善变多幽，
万千变化演恩仇。
学富五车墨香大部头，
几人懂来几人熟？
功名利禄书中藏有，
几多欢喜几多愁？
不离不弃不左右，
华夏文化占鳌头；
不悲不喜不犯愁，
妙笔生花与山川共长留，
与山川共长留！

大中国

四

中国游

北京长城长，
西安古城墙，
九寨沟泉水叮咚响；
泰山石敢当，
黄山雾凇唱，
普陀山文化写沧桑。
问华夏大地谁主苍茫？
东方的诗，脚下在飞扬。
看九州山水谁画边疆？
南方的歌，心底在流淌。

滚滚大长江，
滔滔黄河长，
三星堆文物破天荒；
五台洪钟响，
武当飞雪忙，
兵马俑演绎古战场。
问鬼斧神工谁最称强？
西方的画，五彩迎朝阳；
看奇山异水谁留千芳？
北方的书，传世放光芒。

这是我想往的地方，
这是我梦中的天堂，
她的名字叫中国，
她屹立在世界的东方。
这是我梦中的画廊，
她屹立在世界的东方。

大中国

五

中国品格

血脉通畅，黄皮肤黄；
黄河水亲来长江水浪。
脊梁坚强，黑眼睛亮，
泰山山高来昆仑山莽。
儒佛道三教合唱，
五千年苍茫，气血如钢；
精气神四射光芒，
九万里路长，风骨倔强。
奴性骨性凝聚性，
本性共藏或收或扬；
行善顺从会反抗，
潜质同享或暗或亮。
浪静风阳，散沙盘装，
灾难突降，万众同心济弱扶伤；
盛世欢唱，包容共存，
外敌犯疆，众志成城举国反抗。
诚信互帮，外柔内刚，
忠孝发扬，三纲五常。
中国奇人，传承荣光！
中国奇人，代代兴旺！
长屈短放，扬帆收网，
包阴容阳，敞合关张。
中国品格，屹立东方！
中国品格，万古流芳！

大中国

六

报效中华

一支笔，
笔下生花；
一张纸，
纸上飞画。
指点山川，我为参谋，
扮靓江河，我是军师，我来策划。
大江南北记录我添砖加瓦，
长城内外传颂我求实无华。
一身胆为神州昌盛齐拼打，
用生命为祖国繁荣唱诗话。
人世间哪有解不开的疙瘩，
黑土地咋会种苗不开花？
智力巧解千层锁，
催开万种花。
问海角天涯，
高楼大厦，
大桥飞跨；
谁主沉浮？
谁分和寡？
我来策划！
报效中华！

中国女孩

女娲炼石补天的传唱，
穿越女人经典的城墙；
才艺特长，品貌形象，
勾魂千年追从的梦想。
冼夫人的柔刚，
花木兰的男装；
梁红玉退兵的主张。
黄道婆纺织的衣裳。
活生生千千万女人的榜样，
响当当万万千英雄的篇章。

挑战世俗正义的反抗，
催生女人正义的思想；
顶天立地，传奇倔强，
牵动今生后代的效仿。

刘胡兰的坚强，
赵一曼的武装；
任长霞的民望，
西单女孩的唱腔。
好端端一幕幕豪杰的扬张，
活脱脱一代代引路的方向。

中国女孩，
东方文化源远流长；
中国女孩，
壮志凌云，志在四方；
中国女孩，
卓越千秋，万古流芳！

当代女孩十敢与十不敢

敢网聊聊到眼睛发黄，
敢偷菜摸进闺蜜私房；
敢微博敞开心底荡漾，
敢淘宝花光个人银行。
敢最潮劲舞大街小巷，
敢杯具恋爱到地老天荒；
敢和你懂的 K 歌到天亮，
敢爽睡到明日光透纱窗。
敢把神马浮云弄上墙，
敢给力青春千千梦想。

不敢坑爹拼爹迷途方向，
不敢快闪吐槽行为怪张；
不敢慢待粉丝的抓狂，
不敢瞎说我爸是李刚。
不敢不把鸭梨变成动力力量，
不敢不学杜拉拉催人成长。
不敢不把老师教导铭记心上，
不敢不孝薄情寡义忘爹弃娘。
不敢羡慕嫉妒恨忘记时代厚望，
不敢“昂给力围脖”（ungelivable）抛弃岁月理想。

这就是中国女孩，
当代女孩特殊的模样。
个性张扬，敢作敢当；
张弛有度，敢书敢唱；
祖国在胸，奉献力量！

和谐世界

我的梦向往着和谐世界，
人人心中有一支鲜花盛开，
美了脸庞平和心态，
芬芳飘洒在祥和的春天，
蓝天下的生灵共享富裕真爱。

街坊邻居笑脸张开，
是非和恩怨在沟通中化解。
同事同志没有疑猜，
妒贤忌能在团结里淘汰。
节约资源不分贵贱，
环境友好打造自主品牌。
安定有序创新为上和平善待，
神州大地一派民安国泰。

我的梦向往着和谐世界，
山川旷野遍地长满了松柏，
绿了沙漠青了山脉，
紫气东来在公平的年代，
中华儿女踩着太平盛世节拍。

天天和谐

和谐靠先进的文化指引，
人人要付出汗水和辛勤。
用事实支持嘴唇，
发出的声音优美动听；
用善良对待耳朵，
收录的语言柔和亲近；
用宽容护理眼睛，
处理的事情亲近温馨。

和谐是崇高品德的反映，
大家要承诺守法和诚信。
用正直挺好腰身，
塑造的形象花上添锦；
用慈善掌握双手，
积淀的美德价值千金；
用真爱美化心灵，
传世的美誉太空回音。

牢记礼义诚信，根除天下假丑恶淫，
践行社会责任，增加人间美好人品。
宽厚大度常常包容异心人，
铸造和谐天天都有美善亲。

铸造和谐

用事实支持嘴唇，
发出的声音和谐动听；
用善良对待耳朵，
收录的语言柔和亲近；
用宽容护理眼睛，
处理的事情亲近温馨。

用正直挺起腰身，
塑造的形象花上添锦；
用慈善掌握双手，
积淀的美德价值千金；
用真爱美化心灵，
传承的美誉大地回音。

齐心消除假丑恶淫，
言行美好可爱人品。
宽容大度平常心，
和谐世界美善亲。

亲情友爱

（歌词）

父　亲

生命是一把封闭的大铁锁，
父亲用神奇钥匙来开拓。
传承血脉，辛苦劳作；
奔波天下，月出日落。
儿女有汤有饭，
父亲开心快乐！

生存是一双沉重的笨筐箩，
父亲用希望扁担来承驮。
油盐柴米，烹炸煎烙；
磨断东西，添绳加索。
儿女有书有歌，
父亲开心快乐！

生长是一盏明灯的长蹉跎，
父亲用心血炼油来点着。
大道正义，双手把舵；
是非曲直，加对改错。
儿女成人成才，
父亲开心快乐！

敬仰父亲，守信承诺，
孝敬父亲，分享收获。

家有和谐兴大家，
幸福你我全家乐！
传统品格大发扬，
繁荣文明大中国！

十唱母亲恩

搜尽天下赞美声，
最难表达情义真，
千遍熟读佛家文，
高歌十唱慈母恩。
一唱怀胎守护恩，
求神拜佛，千方保护胎儿根；
二唱临产受苦恩，
牵肠挂肚，祈福儿女早临盆；
三唱生子忘忧恩，
痛苦彻心，儿女平安忘吟呻；
四唱咽苦吐甘恩，
节衣缩食，保儿保女得饱温；
五唱回干就湿恩，
吃酸吞苦，留存儿女快乐声；
六唱哺乳养育恩，
呵护滋养，年年月月到三更；
七唱洗涤不净恩，
憔悴颜退，盼儿盼女长天分；
八唱远行忆念恩，
儿行天下，问寒问暖忧心焚；
九唱深加体恤恩，
儿大女成，报德报恩莫留根；
十唱究竟怜悯恩，
孝道为先，敬父敬母尽儿分！

有爱就唱支歌

一

我们牵手走过春夏秋冬

我们在春风中把手儿牵，
相爱的种子播入心田；
和风把希望催开，
相思写下缠缠绵绵。
我们在夏日里把手儿牵，
相爱的歌声拨动琴弦；
雷电把成熟考验，
相依描画张张笑脸。

我们在中秋节把手儿牵，
相爱的暖阳洒满天边；
绿叶把果实催甜，
相知出版情话篇篇。
我们在北风中把手儿牵，
相爱的树根击破冰点；
岁月把情感熬煎，
拥有演绎岁岁年年。

亘古不变是四季的思念，
叶绿叶黄保持新鲜；
地老天荒何惧风云雷电，
冰雪融化又是春天。

有爱就唱支歌

二

月光小夜曲

月亮弯腰，点亮星星，
一片树林，两个剪影；
一唱一和，男琴女音，
两张笑脸，绽放情真。
我是春风，你是百灵；
你是路人，我是凉亭；
我是花丛，你是蝴蝶；
你是阳光，我是绿荫。
两人其心，情如海深，
情若升华，棒打不分；
月儿笑了，星星偷听，
树林深处，合成一影。

有爱就唱支歌

三

缘　分

擦肩而过修行十年，
同船共渡百年有缘；
诚信重义紫气东来，
心齐了了却心愿。

同窗共桌前世谋面，
情侣婵娟千年有缘；
真情积缘洪福齐天，
路顺通通天路宽。

情缘道宽，人生旅途共长短；
情缘路短，无怨无悔心地宽；
爱心纳福，平和得援；
谁记恩恩怨怨，
长长短短？
哪来是是非非，
窄窄宽宽？
大丈夫能哭能欢，
宰相肚里撑大船！

有爱就唱支歌

四

鱼和水

爱是水，
情是鱼，
鱼水爱恋不分离。
河滩一滴水，
鱼儿感恩涕，
海边一湾水，
鱼儿嗤之鼻。
杯水养不活鱼，
池塘喂鲤鲫。
有多大的风就掀多高的浪，
有多深的水就养多大的鱼。

放水养鱼不吝惜，
鱼儿得水要感激，
真情就是鱼和水，
人生路上创奇迹。

有爱就唱支歌

五

不来电

我拨了六百六十六回电话，
你有六百七十一次不回答，
有五次是你昨天留给我的牵挂。
你不回答，
我心如猫猫抓，
我全身火辣辣。
你不回答，
是不是另外有了他（她）？
是不是情芽不再发？
为了爱，我要拨，我要打，
打到黑夜出彩霞，
冬天冰凌化，
夏日飞雪花！

我九百九十九次把短信发，
你有一千零七回不回答，
有八次是你昨天在对我编胡话。
你不回答，
我心七上八下，
我心如刀刀剐；
你不回答，
是不是装聋作哑？

是不是想甩我在玩狡猾？
为了情，我要编，我要发，
发到铁树开鲜花，
枯枝发新芽，
顽石说情话。

有爱就唱支歌

六

为爱疗伤

相爱一旦受了创伤，
好像雄鹰折伤了翅膀，
存留迷惘，望断飞翔。
恢复逝去的勇猛，
先要为爱来疗伤；
海誓山盟是一剂良药，
痴心的泪是药引又是偏方，
用岁月的雨水煎熬，
麻辣酸甜苦，
一锅迷魂汤；
亲爱的，你尝一尝，
伤痛的心不再进入膏肓。

相爱一旦受了创伤，
恰似孔雀烧破了衣裳，
留下彷徨，流干泪淌。
找回失落的漂亮，
先要为爱来疗伤；
信誓旦旦是一剂补药，
追悔的心是药引又是良方，

用年轮的粉末搅拌，
喜怒哀乐愁，
一碗五味汤；
亲爱的，你尝一尝，
悲伤的痛康复有了希望！

有爱就唱支歌

七

爱要理解

疾风吹拂乌云万里晴朗，
平静的大海掀翻微笑波浪。
恋爱摩擦写出精彩文章，
火热的心肠点燃激情光芒。
青梅竹马，患难交往，
唇齿长守也会发生碰撞；
门当户对，男才女貌，
相依为命也有无意挫伤。

暴雨洗礼长空彩虹飘扬，
宽广的胸怀高歌大地欢唱。
历久情感散发沁人芬芳，
执着的追求照亮黑夜迷茫。
老夫少妻，少夫老妻，
飞短流长照样白头守望；
一见钟情，红娘撮合，
同船共渡驶向爱的海港。

海纳百川滴水能见太阳，
山容千土杯尘也聚苍莽。
缘分长在自信的三生石上，
幸福在理解和宽容中成长。
爱能理解人生快乐起航，
大度包容两情地久天长！

有爱就唱支歌

八

分开了，不一定要分手
（写给失恋和婚变的朋友）

分开了，不一定要分手，
别把情分抛街头。
有情有义就朝前走，
不让眼泪都往肚里流。
一日情深百日修，
一天相逢有缘由。
缘分不是天天有，
做不成情人做朋友。

分开了，不一定要分手，
别把交往当成仇。
有爱有恨就大声吼，
莫叫牵挂烂在心里头。
百日恩情前世有，
一世深爱三生留。
缘分不是年年有，
做不成夫妻做朋友。

有爱就唱支歌

九

想你，要你

想你，爱你，
春风和种子相识在泥土里；
爱恋和情思在心里，
希望和幸福在睡梦里。

想你，要你，
太阳和收获相知在原野里；
长大和成熟在胸里，
甜蜜和丰收有我和你。

想你，要你，
月亮和星星相依在太空里；
天旋和地转在一起，
狂风和暴雨不分不离。

有爱就唱支歌

十

种一朵心中的玫瑰
（情人节献给天下有情人）

有彩云就有暖风追，
有大树百鸟传来歌声脆；
有细雨就有绿叶醉，
有传说吴刚等待嫦娥归。
那一句承诺的永不悔，
暴风洗礼色不褪。

有春风就有花飞蕊，
有沃土万物争雄夺头魁；
有深情就有柔笔挥，
有执着水滴石穿情义贵。
那一次托付的心相随，
天崩地裂不后退。

天目苍苍降祥瑞，
三生有缘永生辉；
心中种下红玫瑰，
管他雨打风也吹；
心血浇花花抽穗，
岁月风干不枯碎。

有爱就唱支歌

十一

心寄何方

海的心属于风的，
风声唤醒了温柔的寂寞。
几多依恋，
几多对错？
心海翻波，
潮涨潮落。
你的心属于谁的？
忧伤演绎了思念的心魔。
根生何处，
谁可寄托？
心在寻找，
岁月蹉跎。

风的情属于天的，
天高点燃了云彩的欢乐。
人间烟火，
谁来评说？
情长情短，
花开花落。
你的情属于谁的？

牵挂成熟了相思的轮廓。
万种风情，
或强或弱；
心寄何方？
情投意合。

有爱就唱支歌

十二

思　念

风雪萧萧缀满月亮，
为冻土盖一件春的衣裳，
五彩的寄托七色的遐想，
奏一曲美妙的“春姑娘”。

银色流光挂在东窗，
为梦醒添一个新的希望，
苦涩的思念酸甜的泪淌，
唱一首五味的“醉情网”。

飞白泻身钟情南方，
为知己写一篇跳动诗章，
遥寄的牵挂担心的烦嚷，
记一篇无尾的“泪鸳鸯”。

灰蒙大地红色太阳，
为生命加一层爱的坚强，
执着的方向追梦的忧伤，
传一章写史的“火凤凰”。

有爱就唱支歌

十三

鱼水牵挂

滔滔人海一杯水，
茫茫浪中一条鱼。
原本鱼水不分离，
相依为命共呼吸。
风起云涌波涛急，
卷走鱼儿无消息。
跳过龙门变锦鲤？
搁在浅滩长叹息？
若是深海等你归，
水儿真诚道贺喜。
如果缺水是难题，
水推船头自解析。

有爱就唱支歌

十四

相信缘分

人海茫茫擦肩而过两心太远太远，
陌生相见相识无缘。
不要太信命运安排了分散和团圆，
过客匆匆不会共赏春天红杜鹃。
情真了一见钟情还会从头再来，
心诚了琴断可以再续弦。

大千世界千里婵娟心愿很圆很圆，
有情有爱洪福齐天。
千万牢记善恶终有回报和了断，
朝夕相处共饮长流幸福泉。
情真了白头偕老尝遍麻辣甜酸，
心诚了路断还会重复原。

情缘道宽，人生旅途共长短；
情缘路短，无怨无悔天地宽；
和谐友善，不管是友是仇怨，
忘却恩恩怨怨，是是非非，长长短短，
宰相肚里撑大船！

乡情忘不了

漂泊在外打工忙，
有笑有泪有激昂；
血汗换得银满仓，
唯有乡情不能忘。
忘不了玉带绕房弯弓长，
出门搭箭射远方；
忘不了稻麦卷动千重浪，
柳树成行桃李香；
忘不了重重山峦莽苍苍，
富贵高迁龙脉藏。
常想家乡心情畅，
挣钱回家敬爹娘。

一生奔波生意场，
有赔有赚有彷徨。
数过金银千千万，
唯有乡情不能忘。
忘不了玄字大路到村庄，
小溪长流哗哗响；
忘不了报喜锣鼓常常敲，
白云底下飘牛羊；
忘不了祖先安详山中葬，
云雨应时龙歌唱。

心跳常合村鼓响，
叶落归根回家乡。

为官为民走他乡，
有苦有乐有迷茫。
人生道路弯又长，
唯有乡情不能忘。
忘不了古老斑驳青瓦房，
四合天井四四方；
忘不了房后山冈绵又长，
门前鱼儿跃满塘；
忘不了山中茂林睡祖先，
排天宝柱龙飞翔。
血脉贯通乡情水，
为国贡献美名扬！

中国人，雄起！

献给抗震救灾的英雄儿女

震哭了天，摧毁了地，
摧不垮挺直脊梁的我和你！
生死相依不离弃，
村村户户有大禹。
我们是不哭的中华儿女，
擦干泪，站起来！
雄起！雄起！雄起！

震裂了山，毁断了堤，
毁不完不屈不挠的亲和戚；
血浓于水伸援手，
再现李冰写传奇。
我们是不屈的中华儿女，
挺起腰，朝前冲，
雄起！雄起！雄起！

震塌了家，毁倒了壁，
毁不灭中华民族的精神气；
四海之内皆兄弟，
新愚公创造新奇迹！
我们是不屈的中华儿女，
坚持住，迎胜利，
雄起！雄起！雄起！

人质与奴隶

我爱的人和爱我的人

我在《辞海》中搜索相思的文字，
我爱的人我愿当他的人质；
他在人群中寻找牵挂的价值，
爱我的人他愿做我的奴隶。

我爱的人他有伤害我的权利，
乱棒鸳鸯打不分离；
爱我的人我有不理他的托词，
爱情友谊相差咫尺。

我爱的人他玩耍冷落我的游戏，
爱我的人我找到不理他的话题；
我爱的人他搭建抛弃我的阶梯，
爱我的人我写满忽略他的哭泣。

我爱的人我选择了付出的终极，
我不给别人这样的权利！
爱我的人他选择容忍的仁慈，
他不给别人这样的经历！
相爱是缘分的升级不是成功的逃避，
我爱就要甘当人质；
后悔是永恒的别离不是胜利的猎旗，
爱我就要甘当奴隶。

爱的波涛有高有低，
懂得真爱懂得珍惜，
爱的浪漫有离有弃，
真心真爱就是第一！
爱的结局有抛有忆，
得到真爱才是唯一！

行业赞歌
（歌词）

现代工人之歌

你从进步走来，
迈进市场经济新时代。

天上星星你去摘，
地下探宝你把脉，
大海航行你定拍，
平地高楼由你盖，
改造山河你在先，
汗水智慧创品牌。

神州处处大舞台，
激情赞歌震天外，
唱来大地捷报传，
唱出满天飞虹彩，
工人阶级是主演，
唱红一代又一代。

农民之歌

盘古辟地创造了你，
经历了五千年风风雨雨；
钻木取火进步了你，
传承了一万代生生不息。
五谷杂粮丰养了你，
养壮了儿女养育着大地；
瓜果菜蔬营养了你，
健康了家乡健康了都市。
不要以为锄头扁担守着自留地，
挺起胸迈出了贫穷迈进了建设主力。
不要以为脸朝黄土就没了志气，
山沟沟走出了伟人走出了博士院士；
不要以为日出而作就没有出息，
黄土坡培养了将军培养了名人名气！

苍天的功德碑写着农民的名字，
古老的大都市依然是乡村的记忆；
黄泥巴脚杆踩出了新天新地，
斑驳泥瓦房装满了五彩绚丽。
新农村在脚下一片片崛起，
希望的明天乡村变为都市。

现代军人之歌

男女对唱

（女）现代军人有啥不一样？
肩上扛的什么枪？
兵哥哥心里咋个想？
热爱营房还是恋家乡？

（男）现代军人当然不一样，
先进装备全面来武装，
创新思想记心上，
营房坚固才有可爱家乡。

（女）现代军人有啥不一样？
能文能武会上网？
节假日有没有好歌唱？
专业技术是短还是长？

（男）现代军人当然不一样，
拿起鼠标轻松写文章；
卫国旋律满山冈，
上天入地铸就铁壁铜墙。

（合）祖国重任挑肩上，
为人民披雪山迎海浪，

用心用身用科学边防固若金汤，
用情用爱用赤诚编制美丽梦想，
用奉献安全父老爹娘，
用无私保卫美丽家乡。

记者之歌

写青山，山点头，
写江河，水消愁。
写英雄，数风流，
写百姓，情义留。
踏破青山精神抖，
铁笔写春秋！

写神州，路回头，
写苍天，银河吼。
写正义，美长有，
写丑恶，鬼见愁。
走遍江湖心不老，
壮志不言愁！

问四季温寒一张口，
写人间百态两只手。
惩恶压邪纸笔吼，
扶弱扬善喊破喉！
欢乐悲愁指上留，
天下风流我风流！

服务员之歌

千张脸有红脸白脸笑脸和变脸，
依然一张喜脸笑对五色脸。
万双眼有慈祥宽容友好和白眼，
照旧一双笑眼喜看变光眼。
三尺柜台写满天下诗篇，
一方厅堂读懂人间情缘；
一双巧手舞出彩虹挂天边，
一张快嘴吐出璧合珠联。

千呼万唤殷勤百般，
行行出状元本无高低贵贱，
服务人民描画自我蓝天，
真情笑待顾客月月年年。

交通警察之歌

风霜雨雪雷电，四季岿然如塔，
一比一划就像音乐指挥家。
春夏秋冬交叉，街头挺直潇洒，
一奖一罚好似将军在发话。
耳熟了车流涌动和悦喇叭，
看惯了人海牵动千军万马。
红灯闪亮阻止了人车碰砸，
大手挥动挽回了行驶错差。
敬佩目光奖赏循规守法，
严厉罚单免去祸殃牵挂。
一道眼光保护了绿树和鲜花，
一张罚单安全了你家和我家！

街头巷尾，海角天涯；
红黄绿闪烁，大小车交叉。
单黄线双黄线斑马线划定了安康的姐妹儿娃，
转弯线掉头线禁行线保护着长寿的爸爸妈妈。
无怨无悔，马路为家；
日晒雨淋，心宽地大！
为人民为祖国安康发达，
我是一名光荣的交通警察！

清洁工之歌

洗落长街尘埃，
擦净水池青苔；
疏通茅厕堵塞，
修复地道顶盖。
污秽从手中化解，
换得人间千种美态；
杂乱从脚下排开，
干净赢来众人敬爱。
工作无贵贱两种竞猜，
行行都有榜上状元。
讴歌时代缤纷风采，
清洁工风流一代。

设计师之歌

剪一片白云镶嵌希望，
彩虹升起大地欢畅；
捧一朵浪花陪伴远航，
千帆竞渡百鸟歌唱。
摘一把山青点缀画廊，
江河汹涌弯腰力量！
送一枝鲜花奖励激昂，
沙漠变金绿树成行。
滴水中加上太阳，
平凡里有伟大放光。
彩笔上描点芬芳，
狂野中有永恒思想。

剪弯了长城剪弯了月亮，
画美了黄河画美了长江；
裁阔了天空裁阔了地方，
画圆了想象画圆了理想。
世上没有不实现的愿望，
美好出在设计师手上！

司机之歌

眼观十六路，
八方两耳聪；
心静平如水，
稳如泰山松。
双手把方向，
宁停三分不抢一秒钟；
稳踩刹车片，
欢乐载货东西南北中。

畅游盘山路，
歌声都市中；
惊险不慌乱，
畅通不逞勇。
规则记心上，
快慢自如逢车要谦恭；
安全为第一，
快乐人流从西送到东。

作家之歌

千锤百炼惊世音，
字里行间万马吟；
历经沧桑文海拼，
酸甜苦辣书中寻。
栩栩如生左右邻，
人情冷暖刻在心；
世态炎凉透纸背，
万人读来泪沾巾。
描画世间真善美，
树动云飘水倒停；
写尽天下风流情，
风生水起山在听。
邪恶丑恶罪恶恶在书里清，
爱情亲情友情情在诗中吟。

下笔千钧字如神，
社会责任重千斤。
价值连城创意新，
黄金难买诉真情。
行行化作春风雨，
滴滴流进我心灵。

飞行员之歌

朝霞张开欢迎的翅膀，
白云在头顶欢快地歌唱；
抬抬脚流过了黄河长江，
挥挥手又见草地牛羊。
八千里高山云海长，
追上了还追圆圆的月亮。

吴刚点燃月夜的灯光，
星星在身边快乐地闪亮；
眨眨眼涌来银河画廊，
搓搓手溜走排排村庄。
一千条大河水和浪，
迎来了又迎红红的太阳。

这不是神话张扬，
这不是狂人梦想。
这是飞行员神圣的地方，
这是飞行员工作的便饭家常。
天地海洋装在心上，
为祖国繁荣在蓝天翱翔！

空姐之歌

在万里高空好像回到了家，
那是感受旅行中的如诗如画；
在温柔客舱熏陶着文化，
那是飞翔中感受服务顶呱呱！
端茶递水的美如嫦娥姐妹花，
问寒问暖的赛过貂蝉说那亲近话；
一颦一笑传递服务精华，
一举一动就像敬奉亲人写诗话；
白云深处留下一串串潇洒，
谁能理解个中酸甜麻辣？
日行万里把苦和泪吞咽肚下，
穿云破雾把永远的笑脸留给大家。

宾客远行没有忧愁和孤寡，
飞行中有一个五星级的家，
客舱文化变情变爱变鲜花，
空姐是大家喜欢的真情娇娃。

推销员之歌

走街串户，踏破铁脚；
希望播种天涯海角；
滔滔说道，磨难嘴梢，
成功花开羊肠小道。
千回白眼脑后抛，
万种嘲弄笑一笑；
大汗淋湿腰，
换来失败换来春风飘；
苦水浪涛涛，
换来经验换来大功告。
好产品全球去推销，
芝麻开花节节高。

千万人川流不息干推销，
牵动乡情牵动老和少；
千万次不屈不挠干推销，
影响企业影响效益低与高；
春蚕吐尽丝方好，
这辈子干推销！

音乐家之歌

哆来咪发……
跳动的音符说诗话；
咪发哆啦……
鲜活的简谱叫呱呱。
如泣如诉，嬉笑怒骂；
如诗如歌，酸甜苦辣。
用情雕琢工厂大坝，
用心刻画玉米棉花；
用爱颂扬军营哨卡，
用恨鞭挞丑恶于天下！
满腔热情浇灌绿叶鲜花，
全身慈爱善待作品娃娃。

心中装有千军万马，
心中涌动琴棋书画；
心中惦记海角天涯，
心中最爱我的国家！
只为人间欢乐闯天下，
回头一路哆来咪发。

导游之歌

笑对朝霞飞彩，
喜迎宾客五湖四海。
悠悠白云飘飘，
坎坷蜿蜒脚下踩。
唱一首醉人山歌，
合着青春节拍；
说一段捧腹大全，
笑弯了河流山脉。
传颂文化信手拈来，
民俗风情装在咱口袋。

喜看彩虹跨海，
笑送宾客都市山寨。
轻轻薄雾缭绕，
远山近海入画来。
吹一支柔情短笛，
点燃心中澎湃；
来一段传神口技，
乐坏了喜鹊云彩。
讲说典故拿手好戏，
名山大川揣入我胸怀。

技艺掌握十八般，
藏起苦泪甘甜在。

笑对千张脸，
回答万种猜；
宾客是上帝，
导游天下我开怀。

白衣天使之歌

送给你神医华佗的奖章，
你让躺下的雄鹰重新飞翔；
写给你妙手回春的文章，
你使受伤的百灵再次高唱。

送给你白衣天使的歌唱，
你使膏肓的壮汉重新刚强；
发给你体贴入微的奖赏，
你让生病的美女恢复健康。

医务人员，白衣天使，
白衣天使，象征健康；
为天下黎民昼夜奔忙，
尽神圣尽职责救死扶伤！

矿　哥

你练就一身刚强的脊梁，
铁肩担当主人公的激昂；
一肩扛起泥和土的厚重，
一肩扛起光和热的煤场。
哗啦啦的乌涛在脚下交响，
轰隆隆的墨车满载着希望！

你锤炼一双顽强的手掌，
双手托起男人的重量；
一手掌握矿和石的阴阳，
一手掌握妻和儿的盼望。
噼啪啪的黑浪在地心欢唱，
咣当当的列车送去了光芒！

为了祖国的美好，
为了妻儿的安康；
永远挺直刚强的脊梁，
永远握紧顽强的手掌。

矿　嫂

最爱听煤海的涛声歌唱，
潮涨潮落一段段美好回荡；
最爱看煤海的风帆起航，
浪卷浪舒一张张精彩飘扬；
最爱数煤海的头盔成行，
风紧风慢一道道旋转画廊。

最爱做暖和的鞋帽衣裳，
温高温低一件件送去太阳；
最爱干杂乱的地面清扫，
路干路湿一次次平安吉祥。
最爱熬喷香的老火鸡汤，
味淡味浓一碗碗矿哥品尝。

油盐酱醋柴儿女情长，
矿嫂祈祷心中愿望；
矿哥天天回家睡上热炕；
他做太阳，我当月亮。

安全员之歌

儿行千里路长长，
爹娘家中想断肠。
美味佳肴饭菜香，
不如报安电话响。
钱多钱少不重要，
盼儿回家睡热炕。

夫出远门水茫茫，
妻儿家中天天想。
纸醉金迷住高楼，
不如回家门铃响。
名薄名厚不重要，
盼夫回家诉衷肠。

检查千家万户得安康，
安全到现场，
排除隐患心欢畅，
安全第一我担当！

企业之歌
（歌词）

珠江南田温泉之歌

王母娘娘把瑶池打翻，
鬼斧神工再版亚龙湾；
黎苗族风情阳光沙滩，
巴厘岛神韵碧海蓝天。
珠江南田温泉，
五星级的家园，
一方净土送客流连忘返，
一湾神水赠友诗意浪漫；
神州第一泉，
洗落男人劳累与忧烦；
天下第一泡，
泡亮女士柔美和娇艳！
水天一色领悟原始生态，
花木千重感触回归自然。
啊！珠江南田温泉，
漫漫旅途神秘的港湾！

国酒茅台之歌

祖先造酒的传说好多好多，
汉武帝赞美枸酱酒有一支美妙的颂歌。
茅台的历史融入老祖先的传说，
秦商汇聚、汉贾南迁、唐人易货，
敲响探索神秘茅台的鼓和锣，
打开夜郎国封闭的关锁。
文化传承古老的诉说，
传遍了大娄山、传遍了长江、传遍了华夏高山大河。

现代酿酒的故事执着执着，
共和国几代领导人对茅台酒有重要的嘱托。
茅台的成长依靠共产党掌舵，
绿色茅台、人文茅台、科技茅台，
演奏精酿国酒茅台的诗与歌，
兑现饮酒健康的承诺。
成就香醇的美名传播，
香透了赤水河，香透了泰山，香透了神州世界各国。

超越梦想

谭鱼头之歌

柜台短，店面长，
开了大门迎四方！
锅儿圆，桌子方，
鱼头文化占中央。
脸儿红，笑面长，
宾客至尊记心上；
鱼头短，情意长，
麻辣文化万家扬！
一锅红艳煮沸了均衡营养，
一盘佳肴浓缩了美味健康，
一个鱼头敬奉了长辈爹娘；
一盘时蔬饱含了儿女情长！

百种麻味飘芬芳，
千年辣典寄厚望；
谭鱼头香洒都市山乡，
十二品飞画美味长廊，
民族品牌歌声唱响，
声声催我超越梦想！展翅飞翔！
超越梦想！展翅飞翔！

人民网之歌

情满五洲，穿越时空；
梦幻四海，浪漫苍穹；
点击南北，电邮西东；
视频时事，直播英勇。
公信新闻长翅膀，
重笔书写中华龙；
风云变化知寒冻，
油盐酱醋在心中。

高唱主流，弘扬先锋；
反腐倡廉，激昂光荣！
在线调查，博客畅通；
娱乐无限，游戏轻松。
天下文章写春秋，
飞歌大地画长空；
人间百态全读懂，
万家冷暖送彩虹。

飞画真善美全球互联一网通，
鞭挞假丑恶铁笔利嘴重炮轰；
立足网中游，志在天下乐无穷；
放眼人民网，装满世界路路通。
铁肩担道义，为党为民尽职忠；
无私无怨悔，振兴中华立新功。

企业文化之歌

中国企业文化促进会会歌

以人为本，铸造和谐，
巧手改造黄河长江；
诚信为基，创新为魂，
先进文化高歌传唱！

打造特色，彰显个性，
民族工业发达兴旺；
积极引导，逐步推进，
企业文化争妍芬芳！

激情谱写成功篇章，
品牌强国全球荣光！
振兴中华贡献力量，
和谐歌声地久天长！

麻辣天下醉

川菜之歌

休闲大成都，
美食齐荟萃。
一锅红艳最佳味，
煮沸人间情义醉。
麻辣千年香神州，
养育情深歌声脆！

辣醉了长江鲟，麻欢了乌江龟。
辣醒了青城雪，麻爽了三星堆。
峨眉山的猴子习惯了辣滋味，
都江堰的鲤鱼闻着麻香大开胃；
乐山大佛迎着辣风笑弯了背，
九寨沟山水在麻味摇篮轻轻睡。

香辣红鱼头，
品味川菜美，
一方水土品牌贵，
麻辣经典金不兑。
麻辣千年香神州，
传承万代歌声脆！

梦金园之歌

有努力就有珠宝，
有追求就有希望；
为美丽插上翅膀，
为富贵增加光亮；
为金榜题名歌唱，
为友谊铺平道路长。
为亲朋笑脸开放，
为父母回报长孝；
为保质扫清彷徨，
为至爱撒开情网。
为纪念写满诗章，
为成功添重奖赏；
为自我留下赞扬，
为子孙传承永迴响。

黄金在那里都会放光，
梦金园添一件华丽衣裳；
珠宝在那里都有收藏，
梦金园加一层潇洒荣光。
有美梦就有希望，
有努力就会飞翔。
梦金园助您魅力释放，
圆满您昨日的梦想。

金佛山之歌

盘古辟地留杰作，
金佛山美景细数如天上银河；
俏壁千仞记录亿万年岁月蹉跎，
奇洞连珠描绘白垩纪年轮磨合；
柏枝山、箐坝山、风吹岭、
还有南天门从天落！
古佛洞、仙女洞、凤凰寺、
马脑城天宫有浓缩。
攀上千座山，蹚过万条河，
金佛山留下的诗意特别多！

女娲补天细雕琢，
金佛山珍奇慢赏似太空星座；
植物四绝增色大自然奇光闪烁，
动物千种活跃原始林舞蹈穿梭；
银杉、方竹、大茶树、
还有乔木杜鹃耸天廓！
金鸡、红蛇、娃娃鱼、
小熊猫歌声装满箩。
走上阳光道，跨过独木河，
金佛山送我奇特的好收获！

农家乐

浓缩了东北乡村，
立春送上一筐水灵灵；
扩张了江南家园，
夏日采摘一筐嫩生生；
移动了海域南北，
秋天钓上一盆乱蹦腾；
锁定了大山东西，
冬雪捧来一盘香脆脆。
把欢乐和健康献给大都市，
将钞票和发展留在新农村。
农家乐崛起如春笋，
新农村建设遍地金；
城乡差别来缩小，
沿着社会主义康庄大道向前进！

新野之歌

为新野县的发展变化而写

小时候，我依偎在奶奶身旁，
听她讲演三国时代的悲壮；
大火烧新野、汉光武中兴，铁蹄踏破，血与火交响，
还有那兴衰的帝王把官宦浮沉演奏得如此激昂悲壮。
“三顾茅庐”的地方就是我的家乡，
新野史海钩沉的故事记录了历史名城岁月沧桑。

长大了，儿子依偎在我身旁，
听我陈述新野如今的辉煌；
棉纺织工业、十二黑商标，对外开放，全国美名扬，
还有那无公害蔬菜把时代健康派送到城乡四面八方。
“皮埃蒙特”肉牛大县是我的家乡，
新野天翻地覆的变化描绘了新农村美好天长！

歌　曲
（词与谱）

诚信之歌

（陈卫东、周彬演唱）

谭新政 词
陈卫东 曲

1=D $\frac{2}{4}$
真诚地 ♩=110

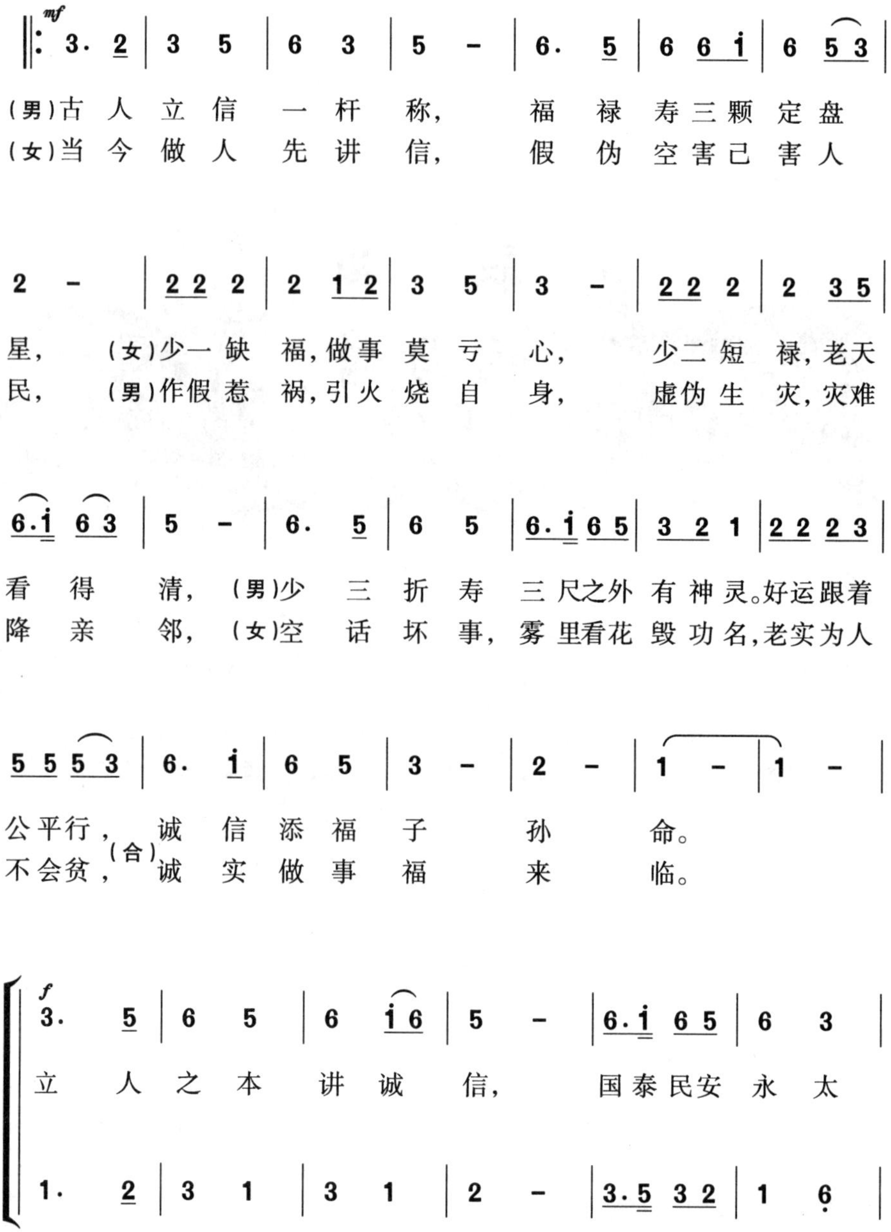

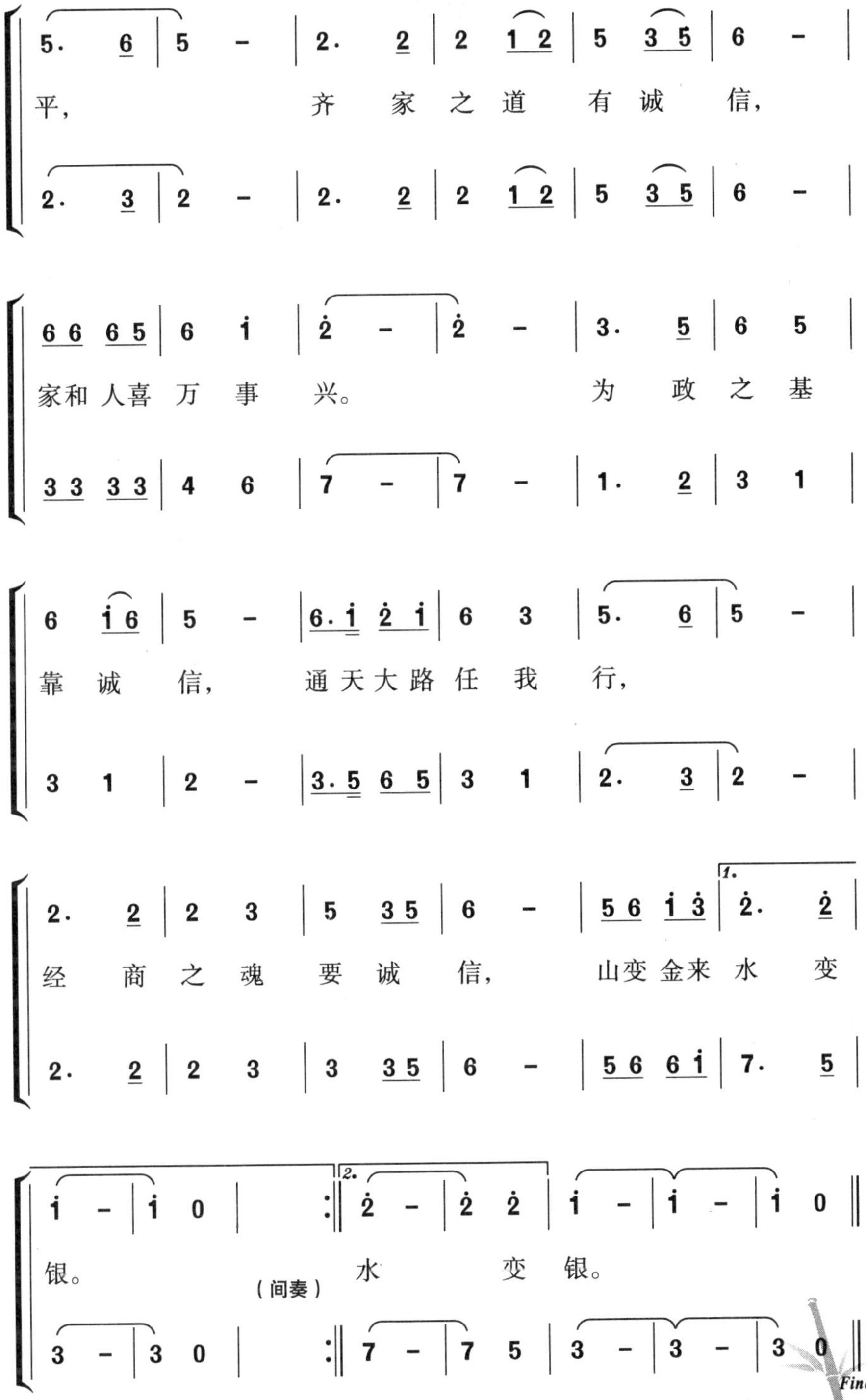
平，齐家之道有诚信，
家和人喜万事兴。为政之基
靠诚信，通天大路任我行，
经商之魂要诚信，山变金来水变
银。（间奏）水变银。
Fine.

报效中华

（陈小涛 演唱）

谭新政 词
陈卫东 曲

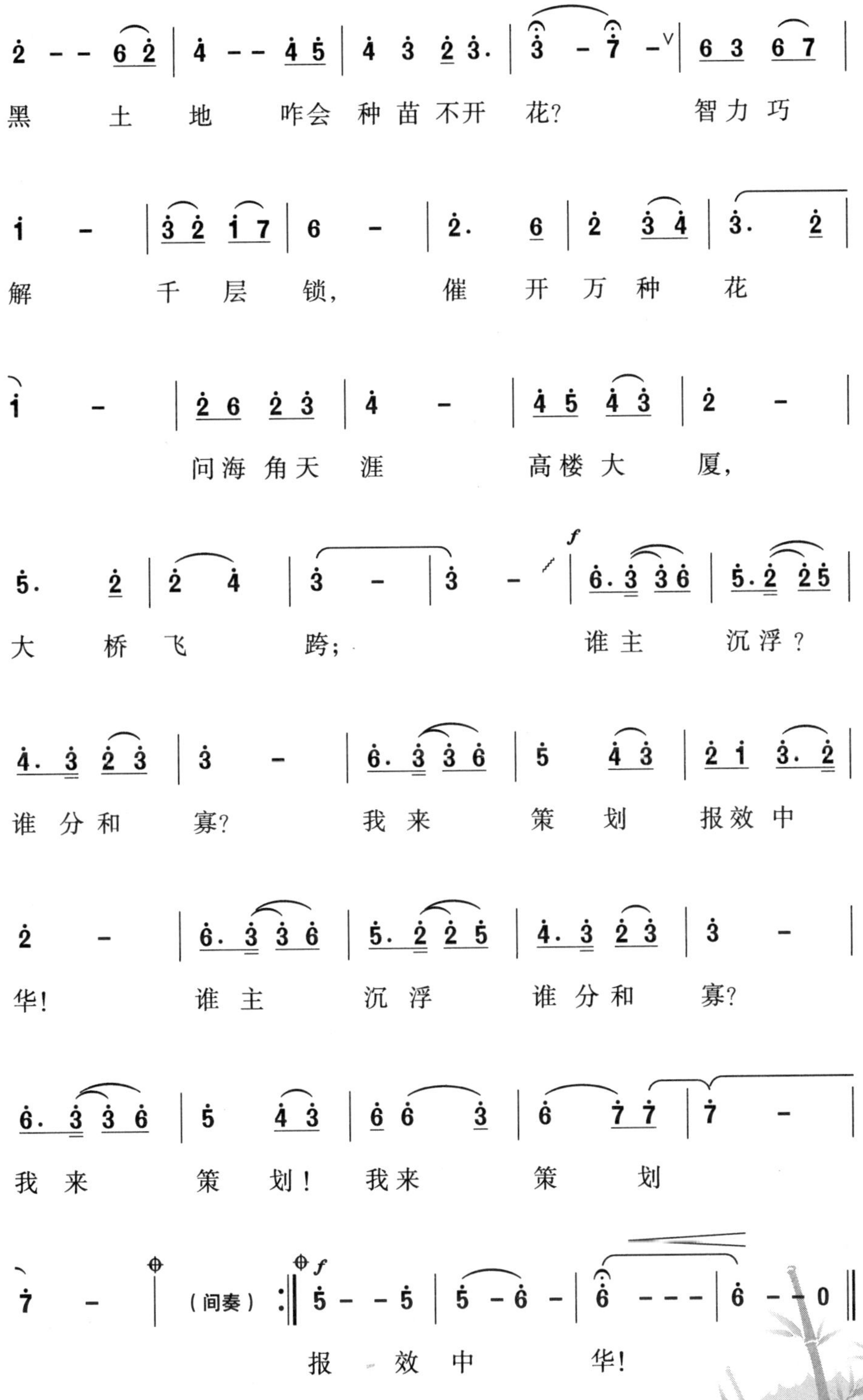
黑 土 地 咋会 种 苗 不开 花？ 智 力 巧
解 千 层 锁， 催 开 万 种 花
问海 角天 涯 高楼 大 厦，
大 桥 飞 跨； 谁 主 沉 浮？
谁 分 和 寡？ 我 来 策 划 报 效 中
华！ 谁 主 沉 浮 谁 分 和 寡？
我 来 策 划！ 我 来 策 划
（间奏）
报 效 中 华！

月光小夜曲

（男女声对唱）

1=D $\frac{3}{4}$

柔情、甜蜜地 ♩=99

谭新政 词

陈卫东 曲

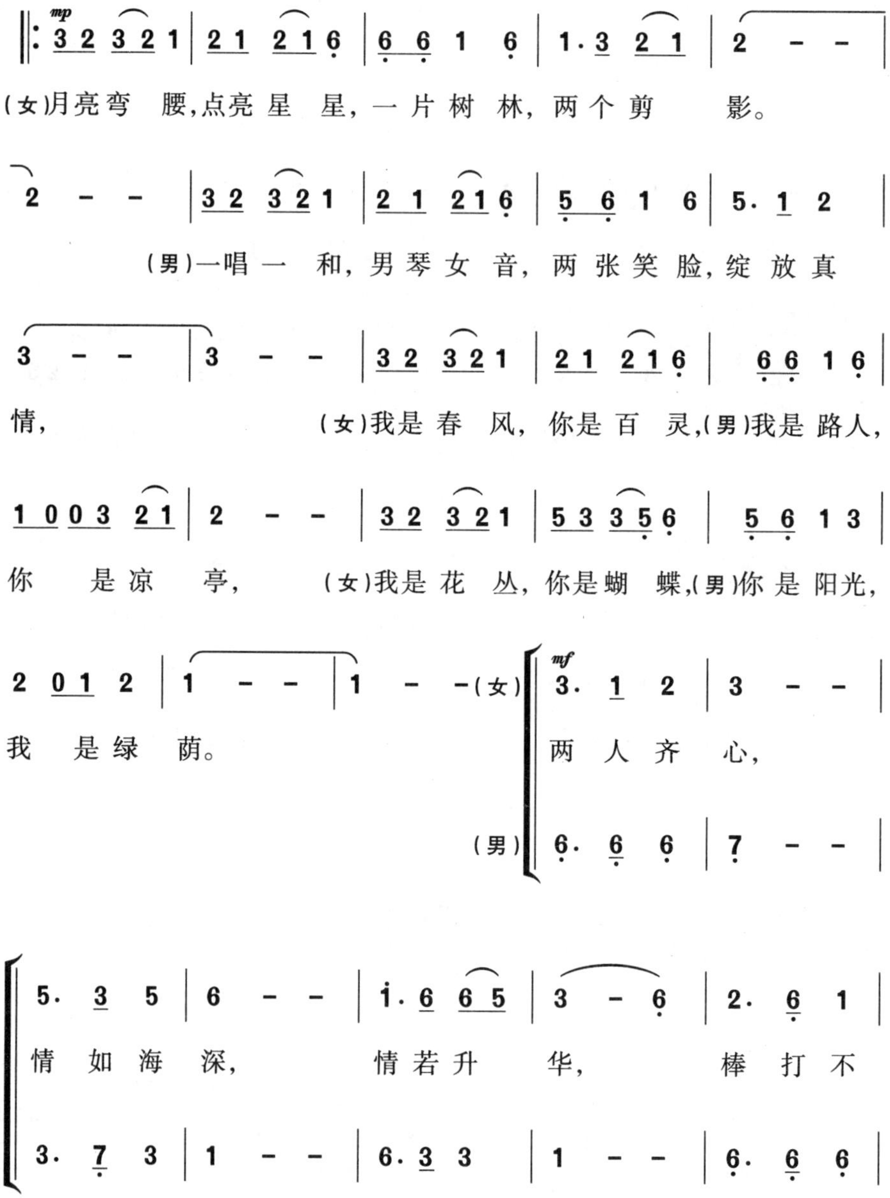

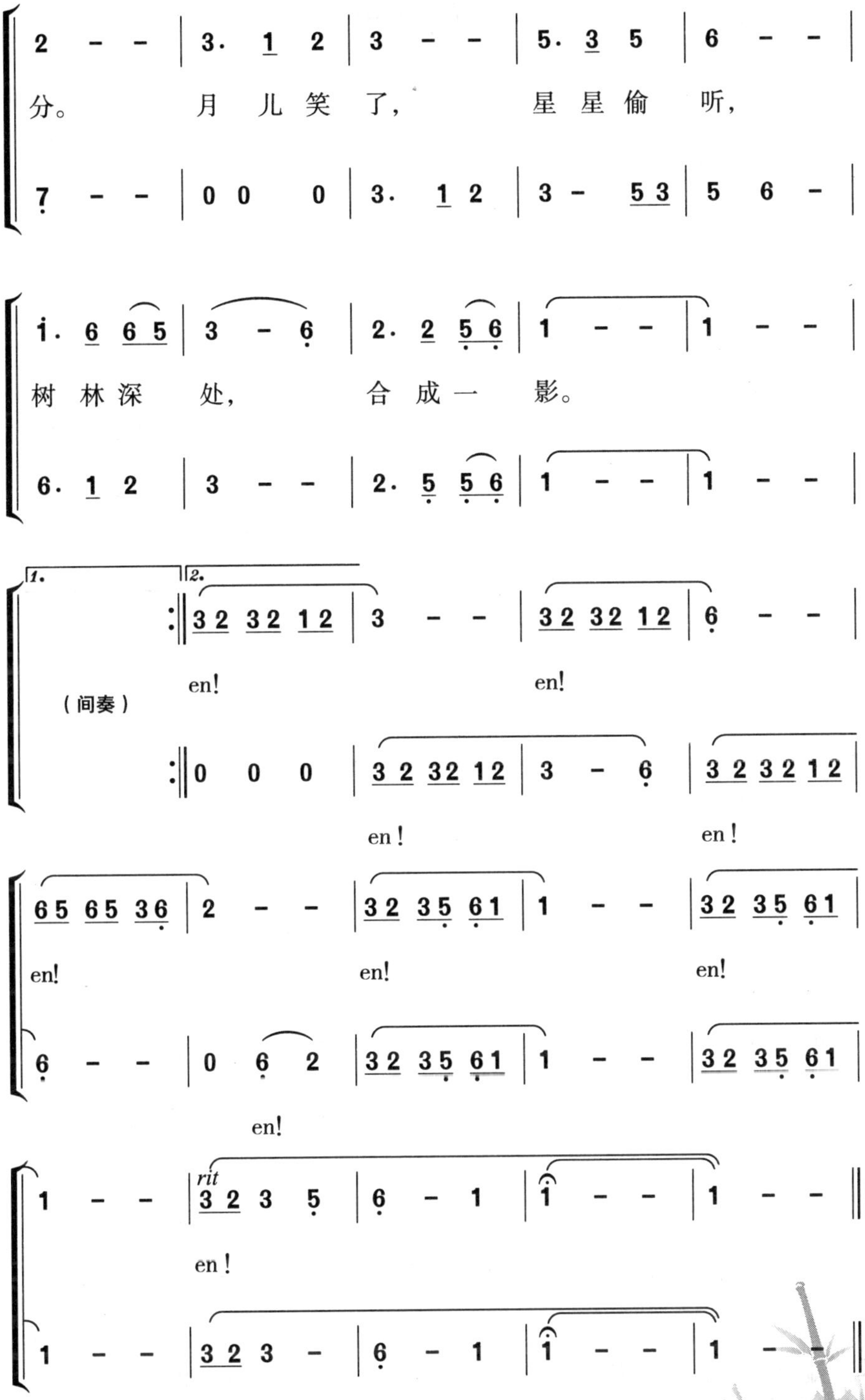
分。
月 儿 笑 了，
星 星 偷 听，
树 林 深 处，
合 成 一 影。
（间奏）
en!
en!
en!
en!
en!
en!
en!
en!
en!

中国女孩

谭新政 词
陈卫东 曲

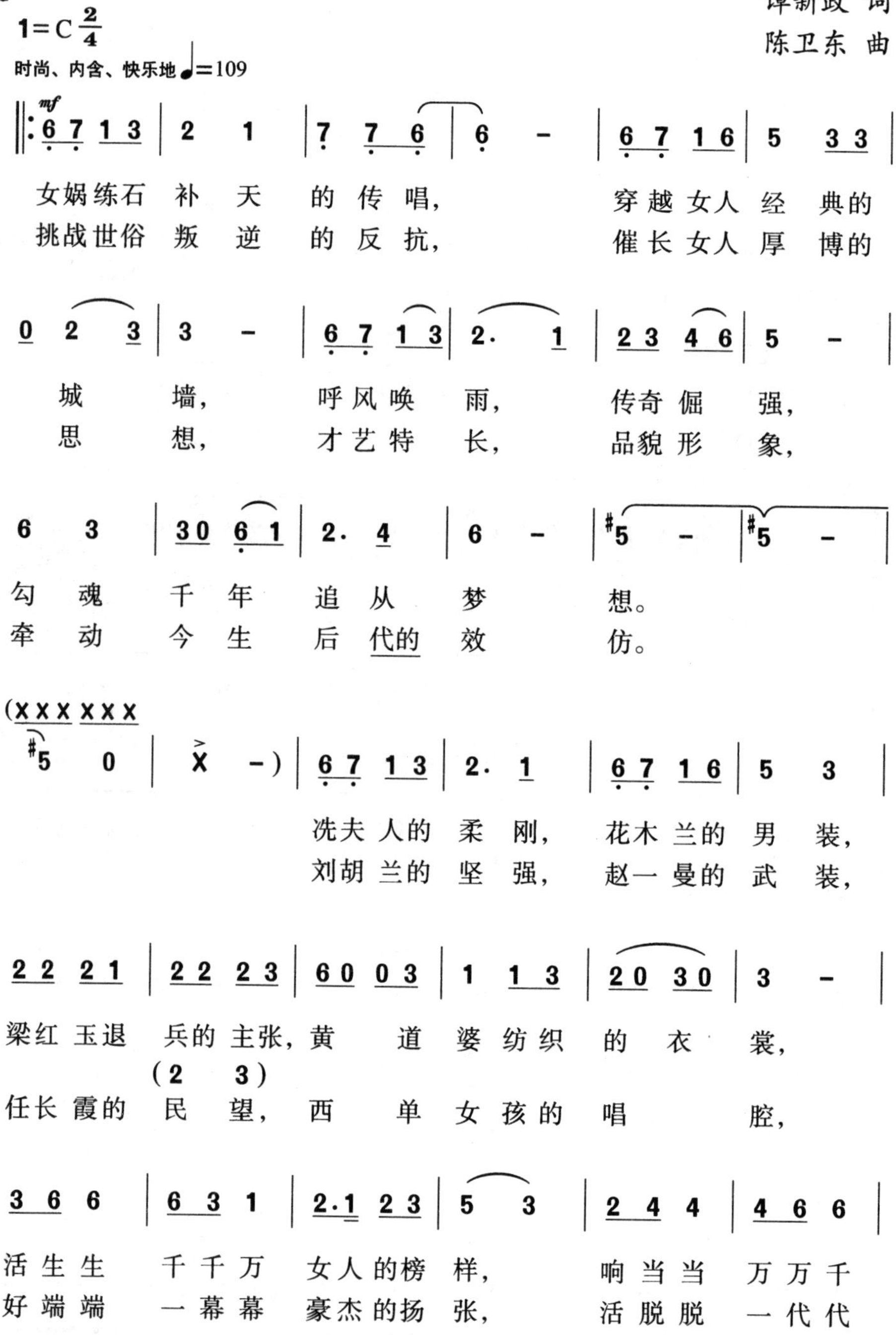

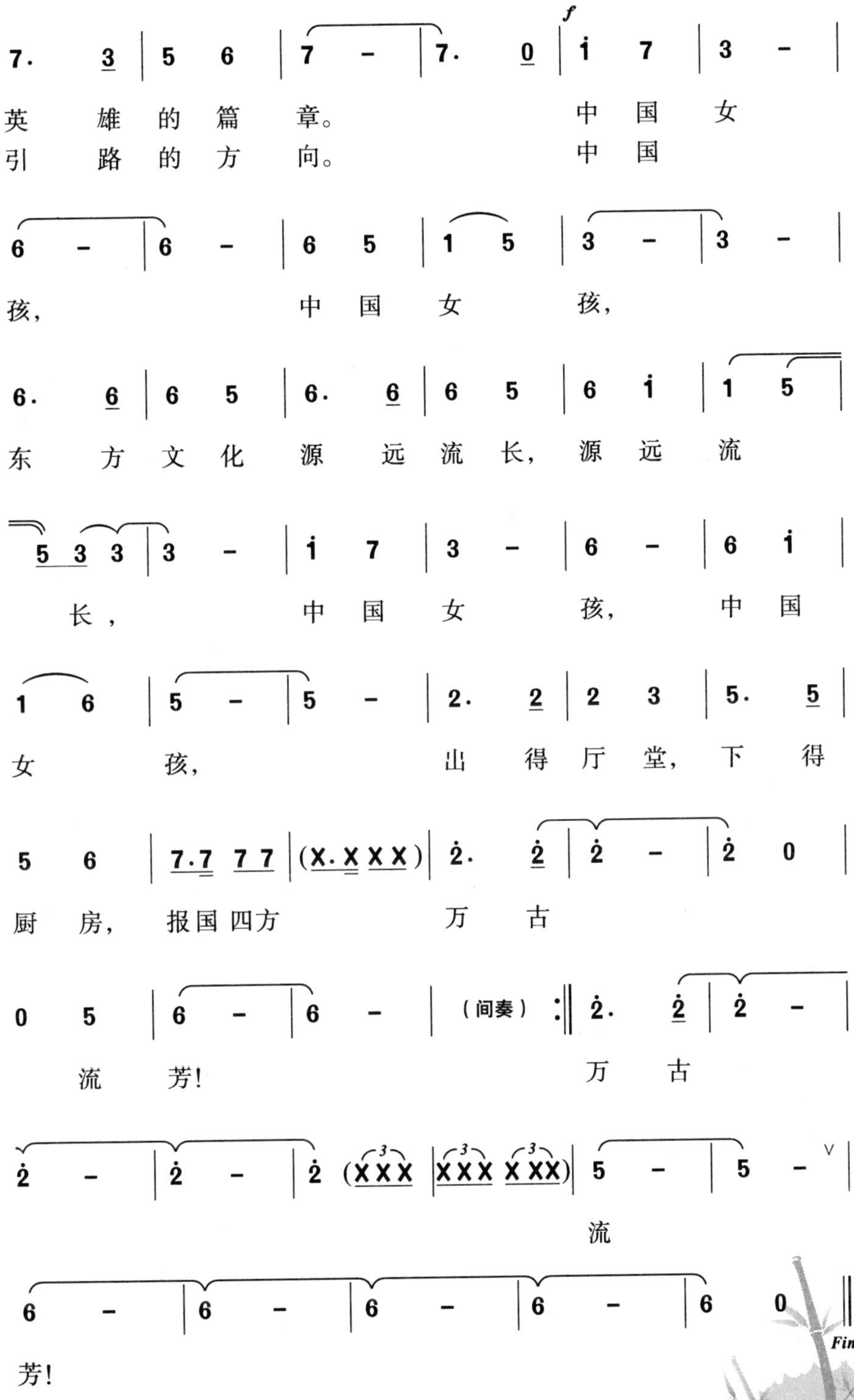
f
英雄的篇章。中国女
引路的方向。中国
孩，中国女孩，
东方文化源远流长，源远流
长，中国女孩，中国
女孩，出得厅堂，下得
厨房，报国四方 万古
流芳！
（间奏）
万古
流
芳！
Fine.

不来电

谭新政 词
伍志良 曲

1=F $\frac{4}{4}$

满怀深情地

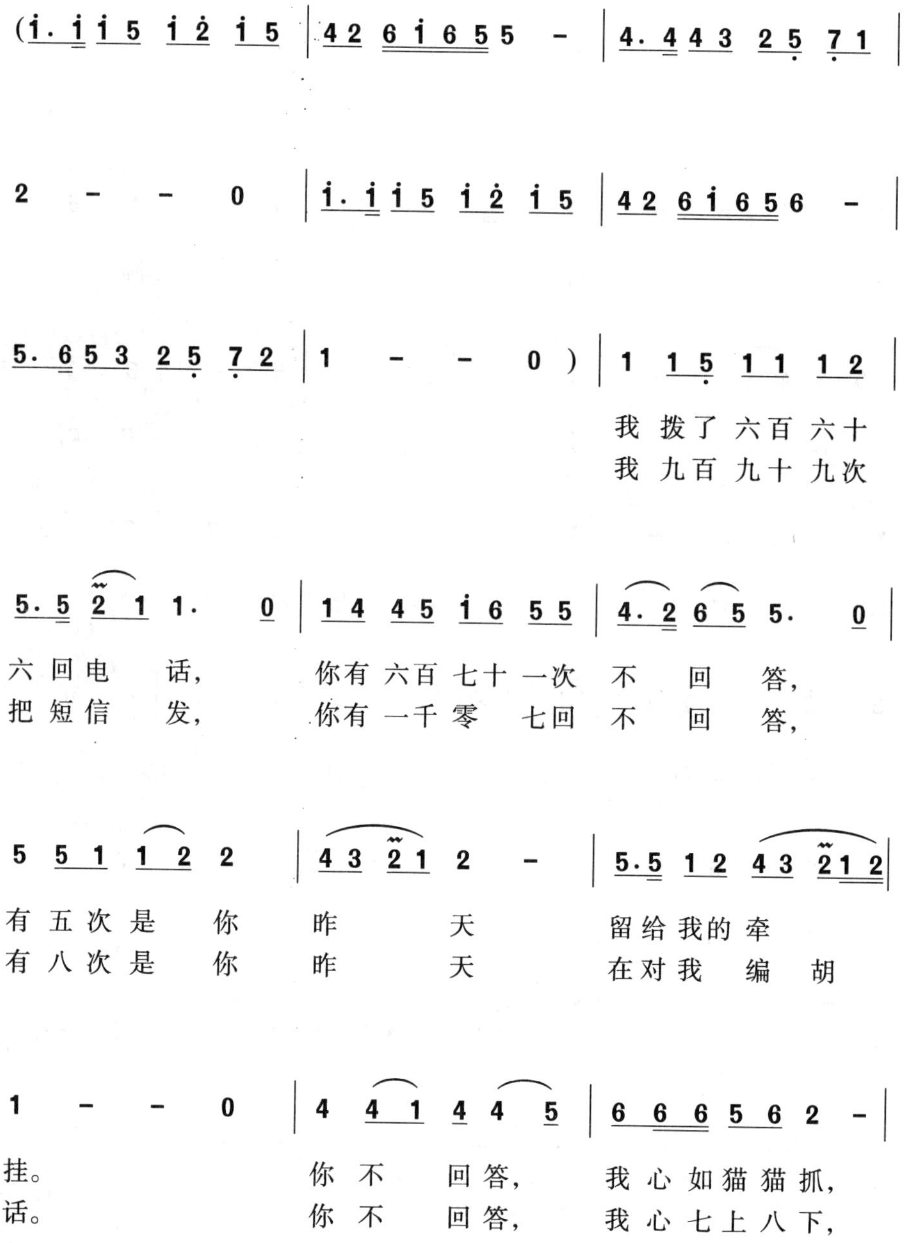

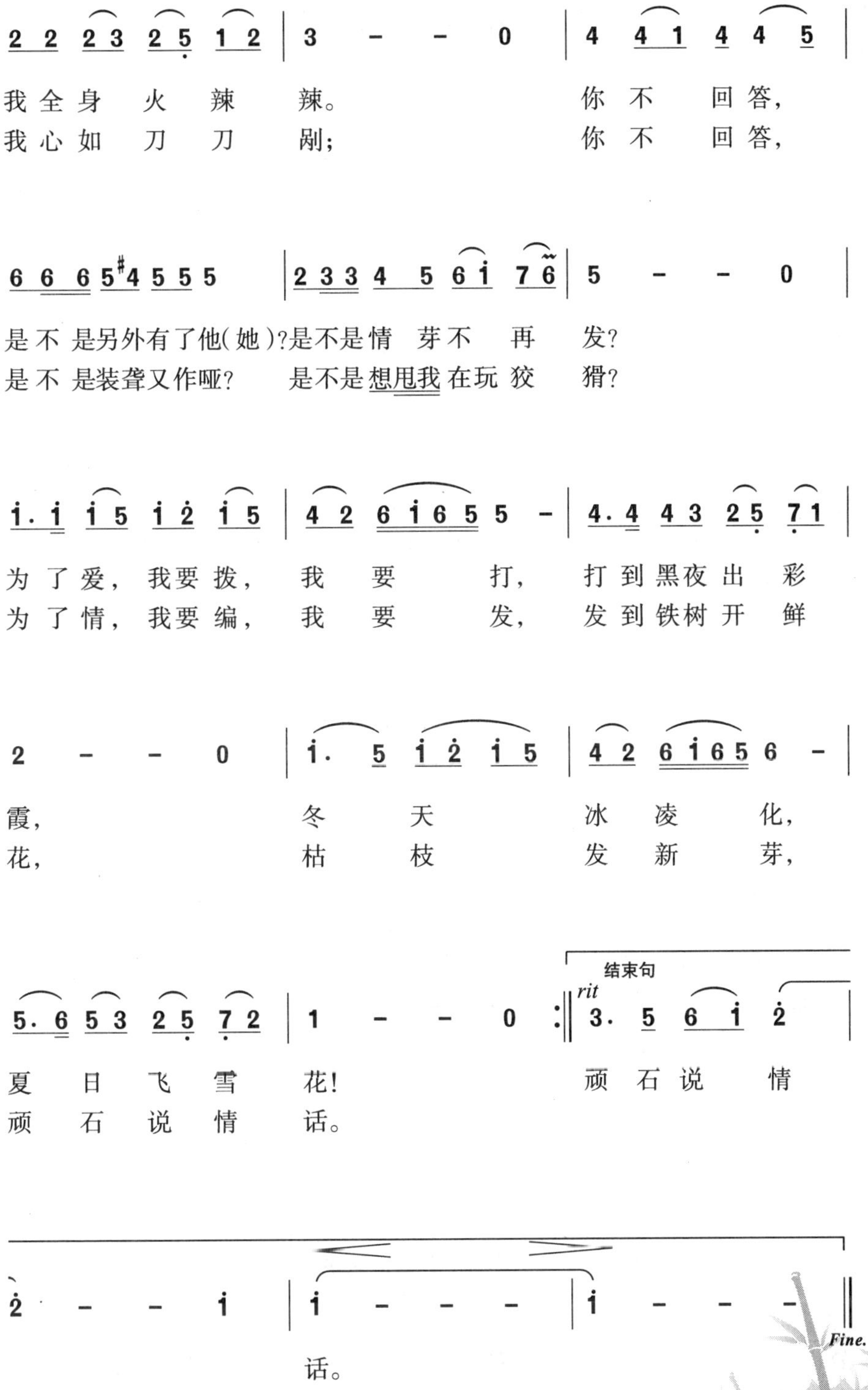
我全身 火 辣 辣。 你不 回答，
我心如 刀 刀 剐； 你不 回答，
是不 是另外有了他(她)?是不是情 芽不 再 发?
是不 是装聋又作哑? 是不是想甩我在玩 狡 猾?
为了爱，我要拨， 我 要 打， 打到黑夜出 彩
为了情，我要编， 我 要 发， 发到铁树开 鲜
霞， 冬 天 冰 凌 化，
花， 枯 枝 发 新 芽，
结束句
rit
夏 日 飞 雪 花! 顽 石 说 情
顽 石 说 情 话。
话。
Fine.

安全发展 平安中国

谭新政 词
陈卫东 曲

1=♭A 4/4
亲切、流畅地 ♩=86

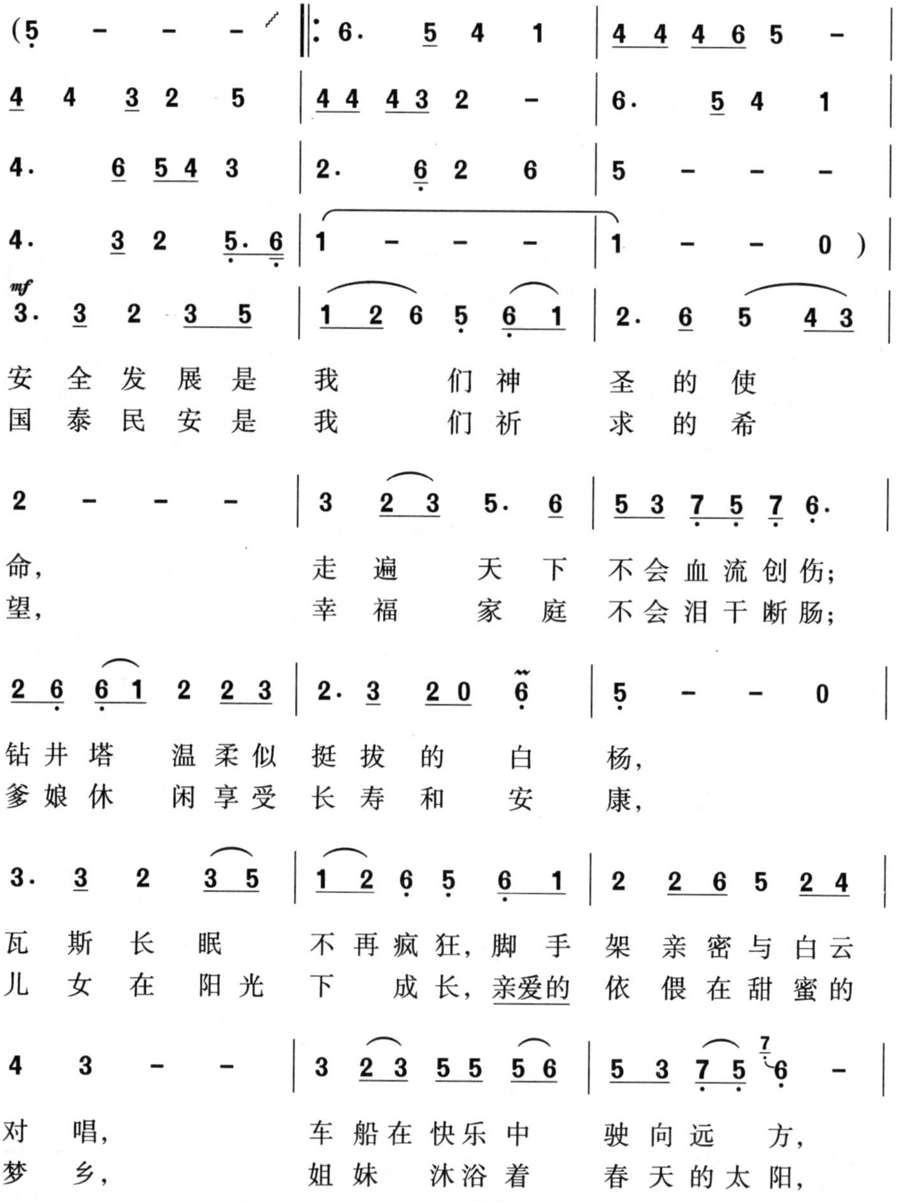

叫洪水 不再吞食村庄，让血与火
叫祸殃 不再蔓延滋长，让灾和难
从脚下消亡。
从眼前消亡。
𝄋 f
安全法牢记心上，安全的警钟
时刻敲响，安全发展我们神圣的使命，
1.
国泰民安，是我们祈求的希
望！
D.C.
2.
福，是我们祈求的希
望！
结束句
安全发展，
渐慢
国泰民安。
Fine.

安全中国

1=♭A 4/4

亲切、流畅地 ♩=86

谭新政 词
陈卫东 曲

叫洪水 不再吞食 城 乡， 让 血 与 火
叫祸殃 不再蔓延 滋 长， 让 灾 和 难
从 脚 下 消 亡。
从 眼 前 消 亡。
f
安 全 法 牢 记 心 上， 安 全 的 警 钟
时 刻 敲 响， 安 全 中 国 我们 神圣 的使 命，
1.
安 全 发 展， 国 泰 民
安。
D.C.
2.
展， 是 我 们 祈 求 的 希
望！
结束句
安 全 中 国，
渐慢
和 谐 四 方。
Fine.

导游之歌

1=G $\frac{4}{4}$

优美 愉悦地

mf

谭新政 词

陈卫东 曲

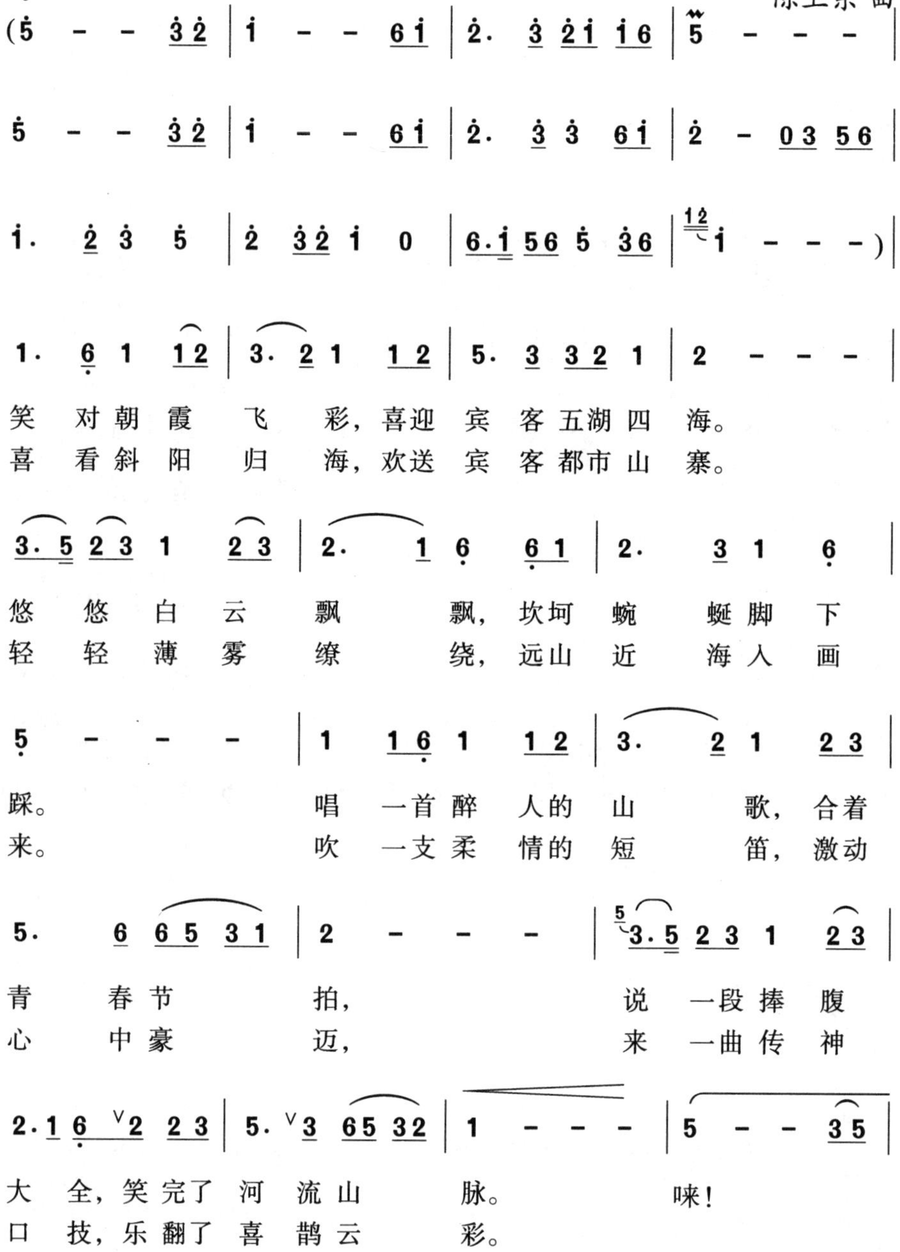

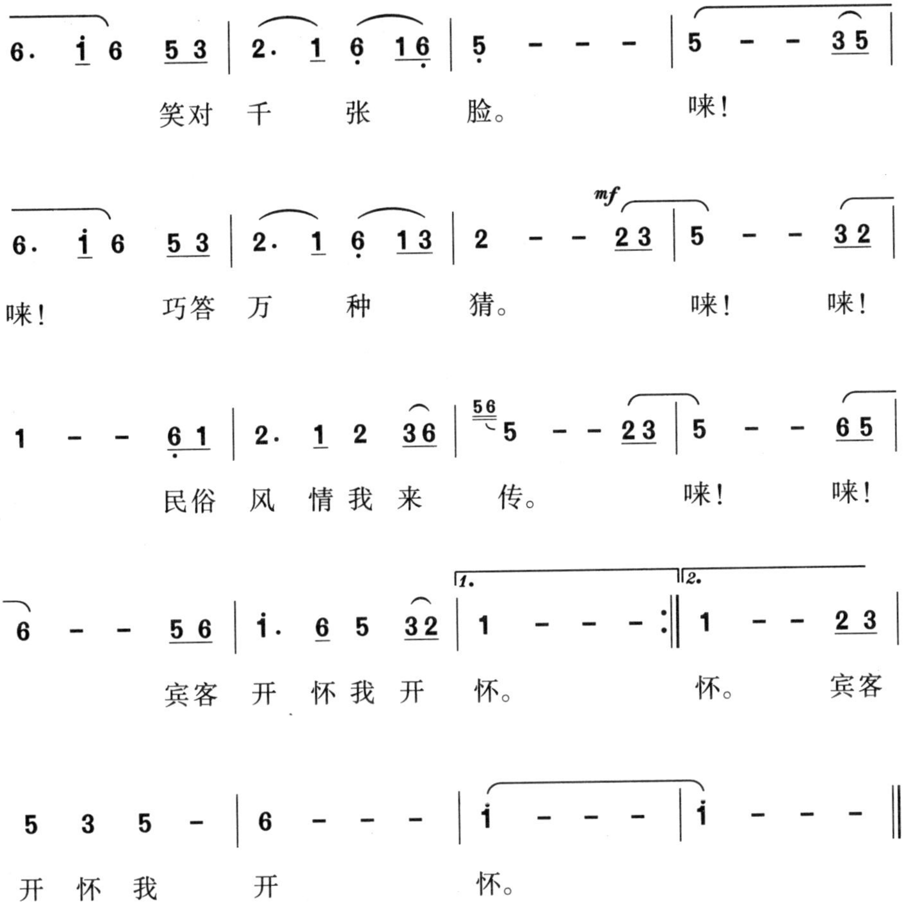
mf
笑对千张脸。
唻！
唻！
巧答万种猜。
唻！唻！
民俗风情我来传。
唻！唻！
宾客开怀我开怀。
怀。宾客
开怀我开怀。

导游之歌

（伍志良、孟凡萍演唱）

1=F 4/4
热情、喜悦地 ♩=70

谭新政 词
伍志良 曲

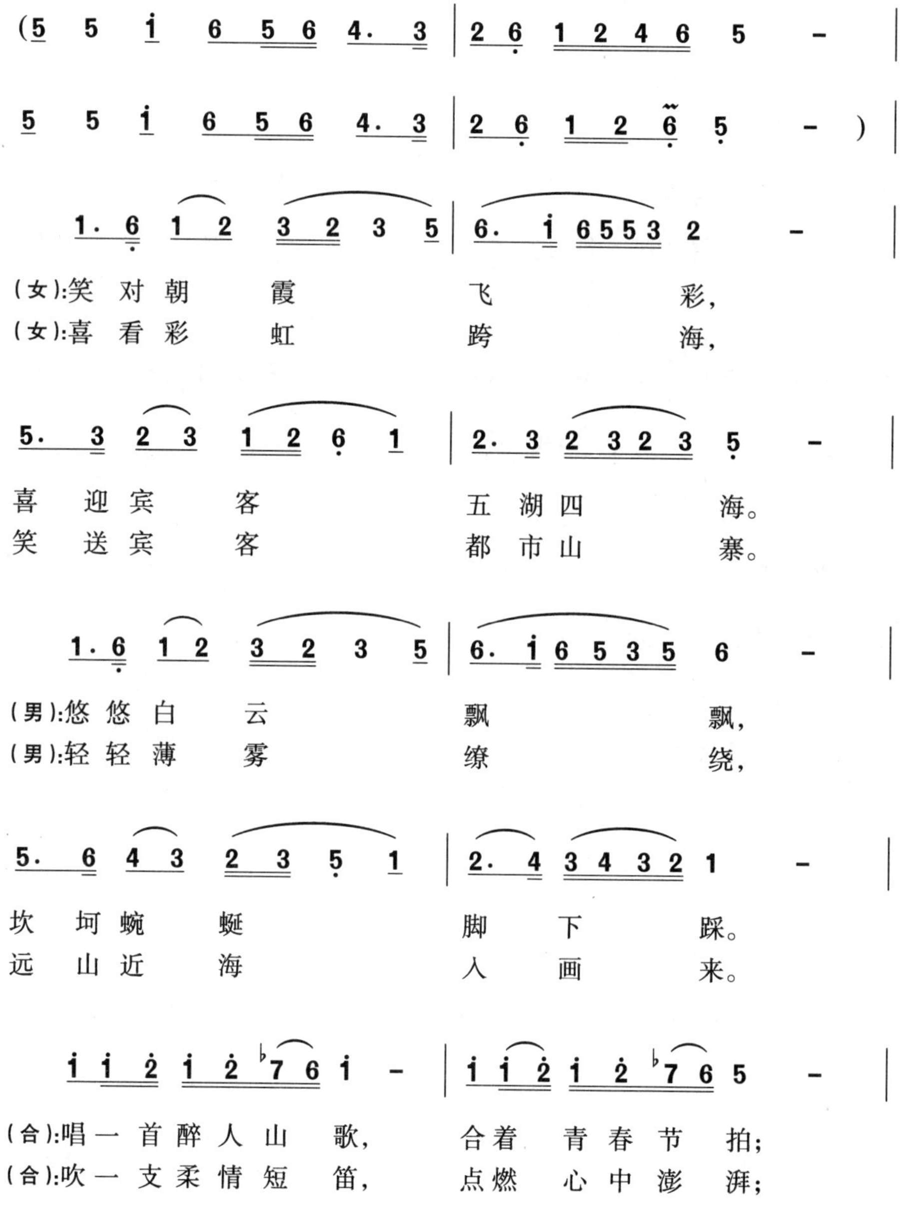

说一段捧腹大全，笑弯了河流山脉。
来一段传神口技，乐坏了喜鹊云彩。
传颂文化信手拈来，民俗风情
讲说典故拿手好戏，名山大川
装在咱口袋，装在咱口袋，
揣入我胸怀，揣入我胸怀，
结束句
技艺掌握十八般，藏起苦泪
甘甜在。笑对千张脸，
回答万种猜；宾客是上帝，
导游天下我开怀，我开怀，
我开怀。

鹅眼和牛眼

谭新政 词
陈卫东 曲

1=♭B 2/4
中速

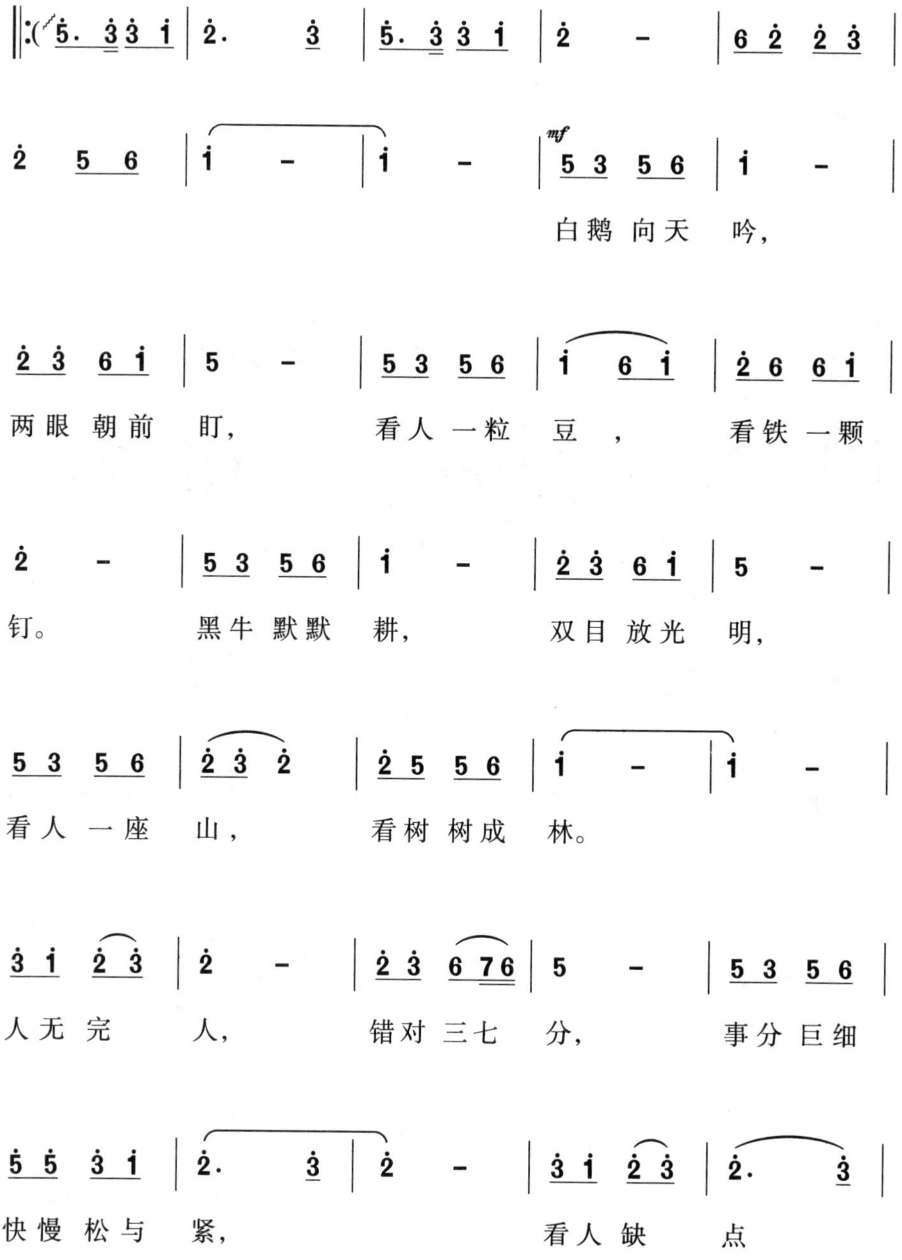

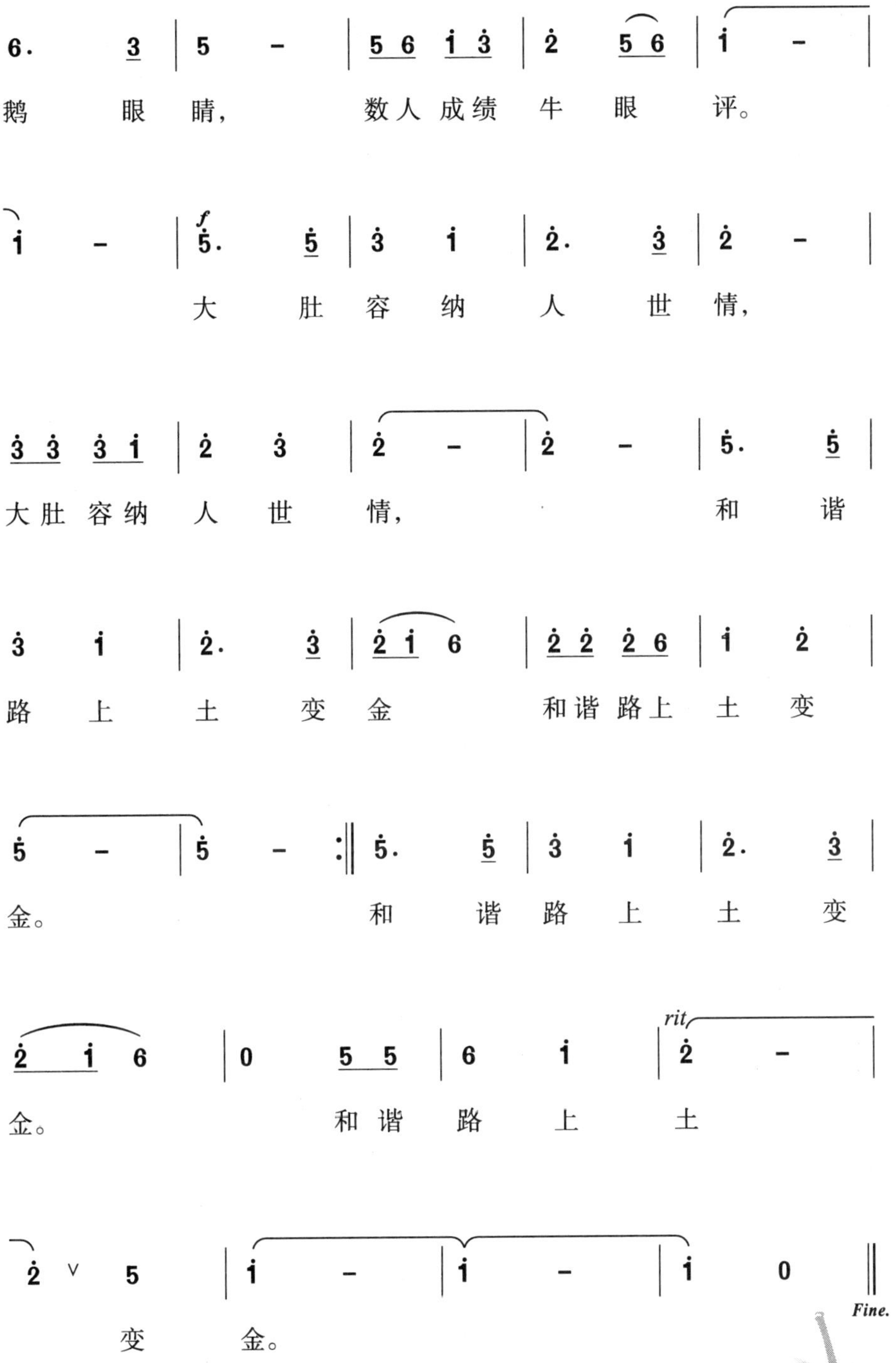
鹅 眼 睛，数人成绩 牛 眼 评。
f
大 肚 容 纳 人 世 情，
大肚 容纳 人 世 情，和 谐
路 上 土 变 金 和谐 路上 土 变
金。和 谐 路 上 土 变
金。和 谐 路 上 土
rit
变 金。
Fine.

国酒茅台之歌

1=♭B $\frac{4}{4}$

深情流畅优美如歌地 ♩=62

谭新政 词
陈卫东 曲

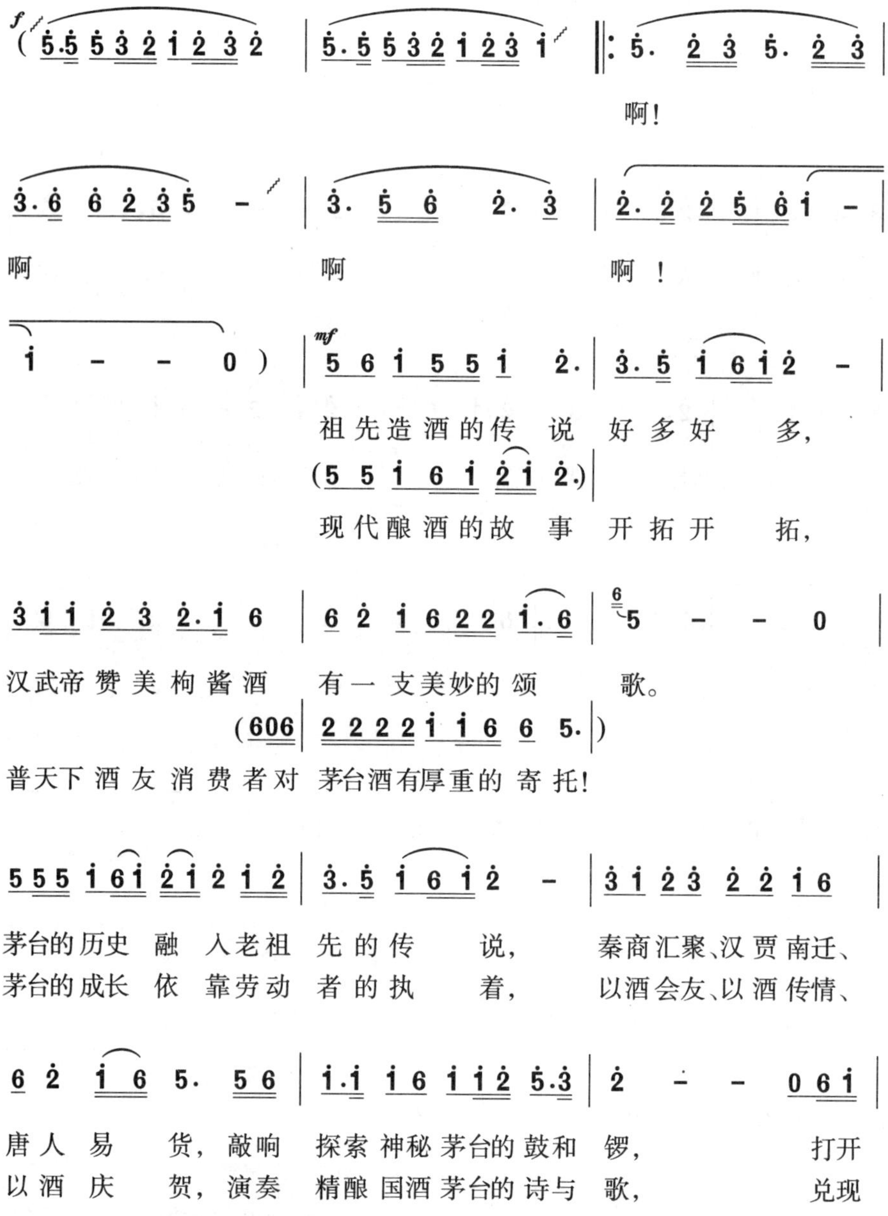

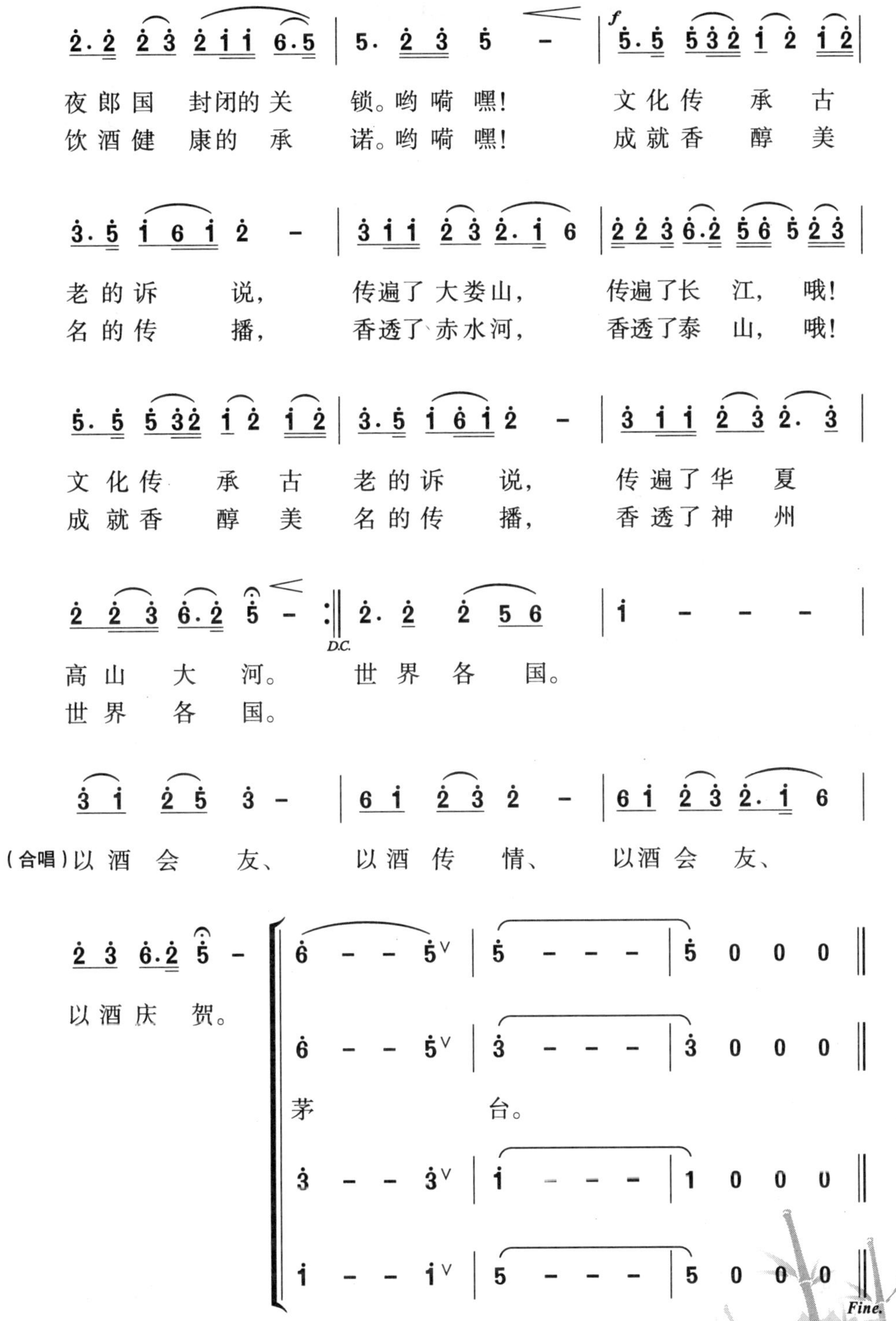
f
夜郎国 封闭的关 锁。哟 嗬 嘿！ 文化传 承 古
饮酒健 康的 承 诺。哟 嗬 嘿！ 成就香 醇 美
老的诉 说， 传遍了 大娄山， 传遍了长 江， 哦！
名的传 播， 香透了、赤水河， 香透了泰 山， 哦！
文化传 承 古 老的诉 说， 传遍了华 夏
成就香 醇 美 名的传 播， 香透了神 州
高山 大 河。 世 界 各 国。
世界 各 国。
D.C.
（合唱）以酒 会 友、 以酒 传 情、 以酒会 友、
以酒庆 贺。
茅 台。
Fine.

和谐世界

1=E $\frac{3}{4}$

谭新政 词
陈卫东 曲

热情、向往地 ♩=158

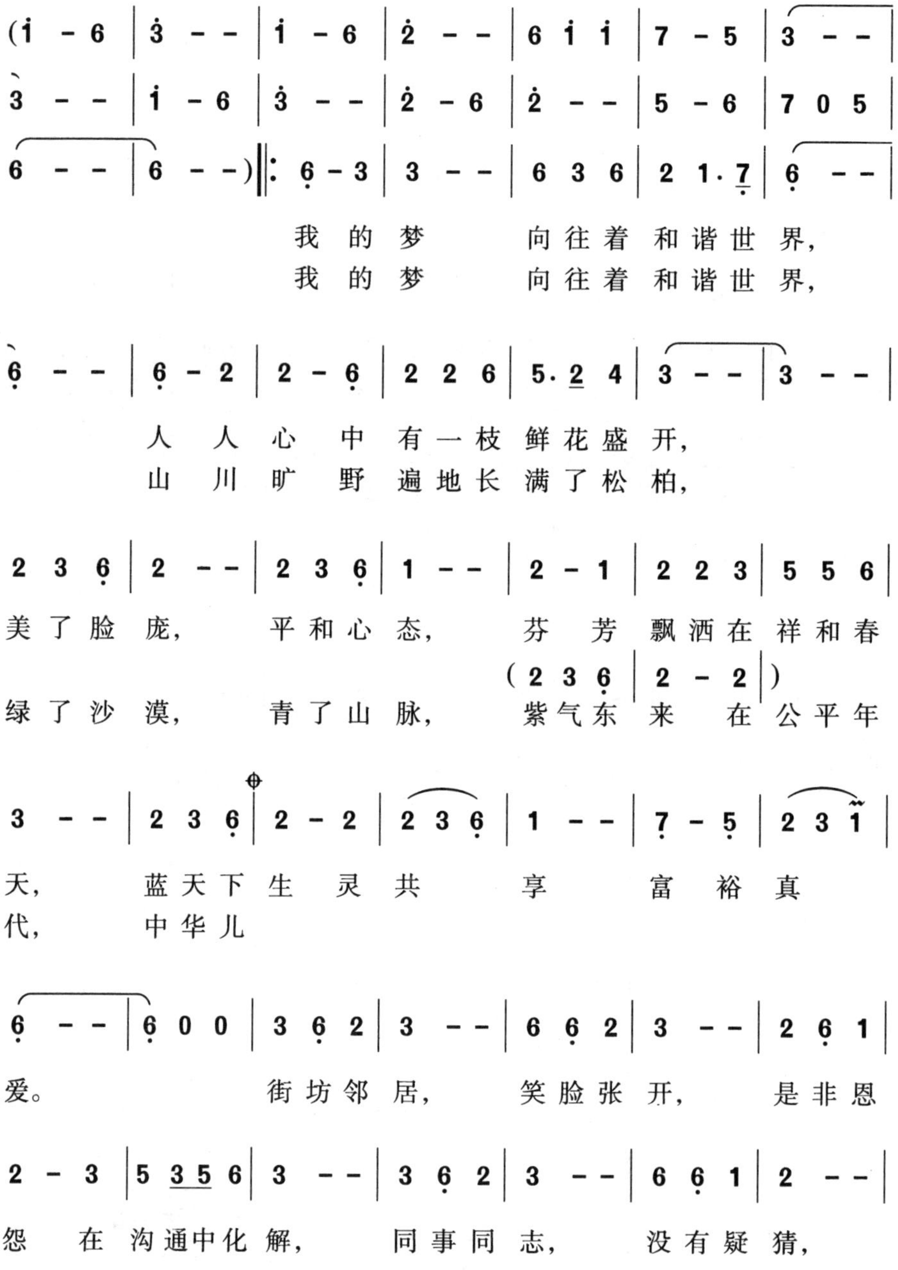

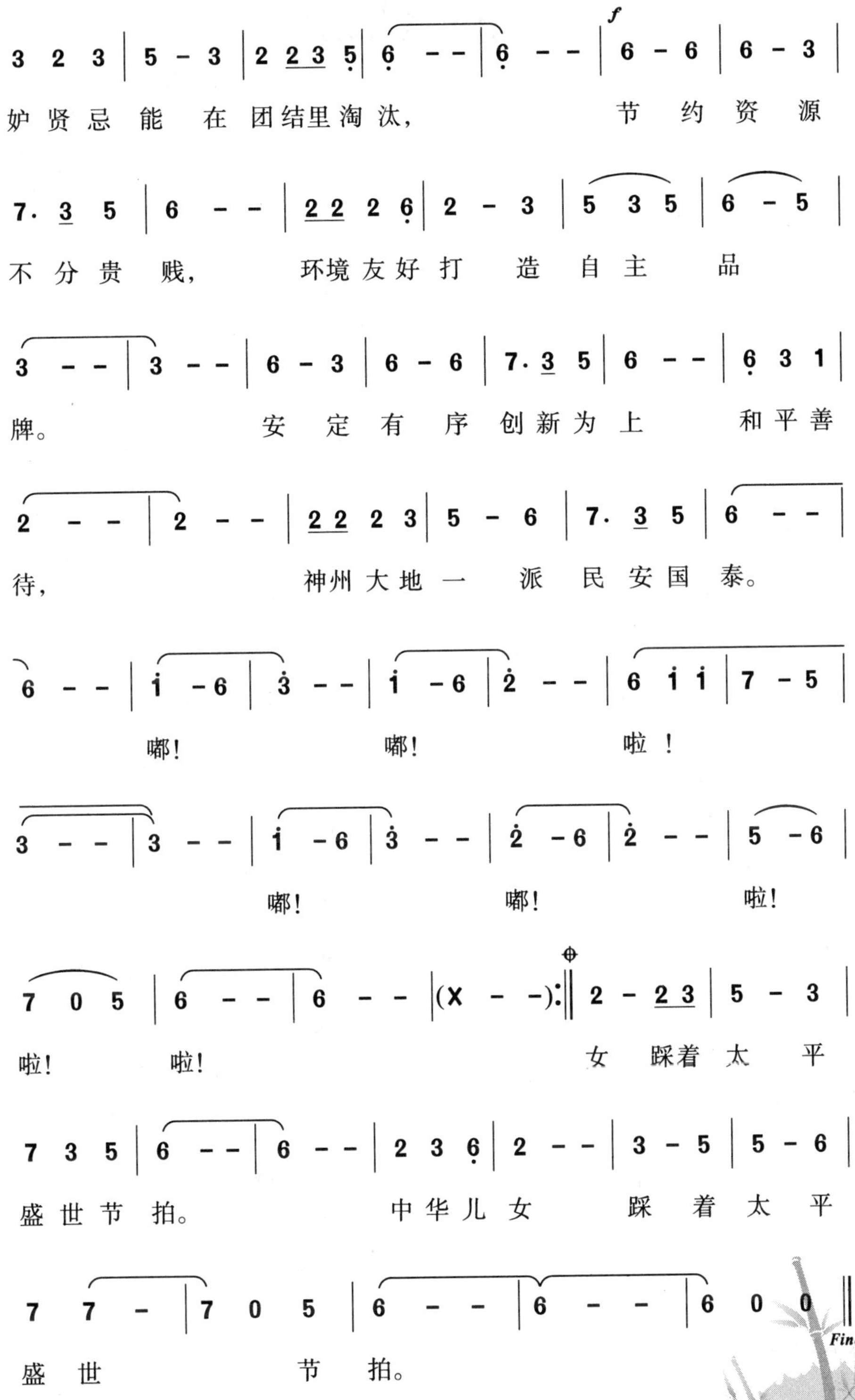

妒贤忌能 在团结里淘汰， 节约资源
不分贵贱， 环境友好打造自主 品
牌。 安定有序创新为上 和平善
待， 神州大地一派民安国泰。
嘟！ 嘟！ 啦！
嘟！ 嘟！ 啦！
啦！ 啦！ 女 踩着太 平
盛世节拍。 中华儿女 踩着太平
盛 世 节 拍。
Fine.

珠江南田温泉之歌

谭新政 张永康 词
陈 卫 东曲

1=E 4/4
深情、优美地 ♩=60

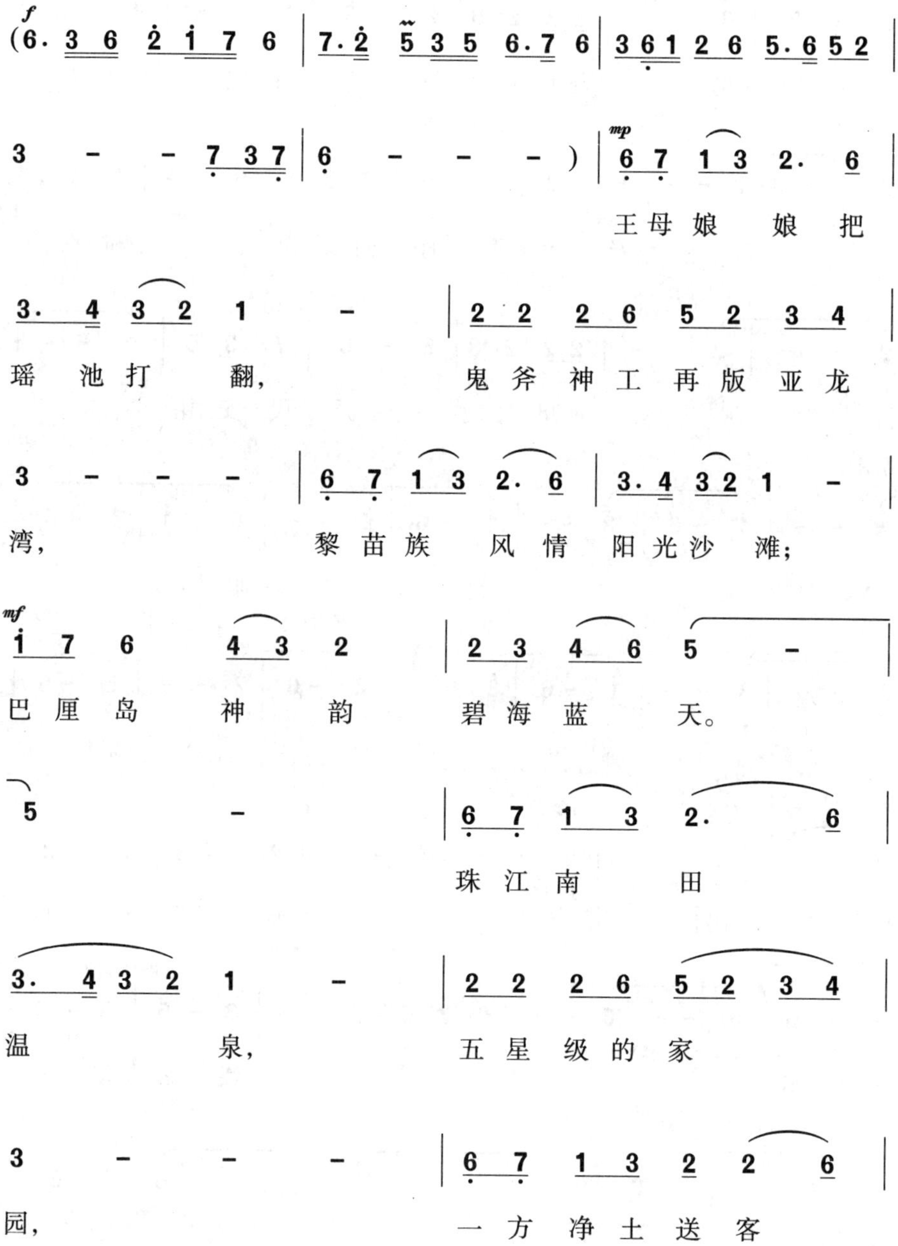

流 连忘 返，一湾神水赠 友
诗 意 浪 漫；
f 宽广地
神 州 第一 泉 第 一 泉，
洗 落男人劳累 与忧 烦；
天 下 第一 泡 第 一 泡，
泡亮 女士柔 美和娇 艳！
mf
水天一 色 领悟原始生 态，花木千 重 感触
回归自 然。 啊 ！ 珠 江南田温 泉，漫漫
rit
旅途神秘的港 湾！ 湾！
D.C.
Fine.

中国品牌之歌

（周彬 首唱）

谭新政 词
陈卫东 曲

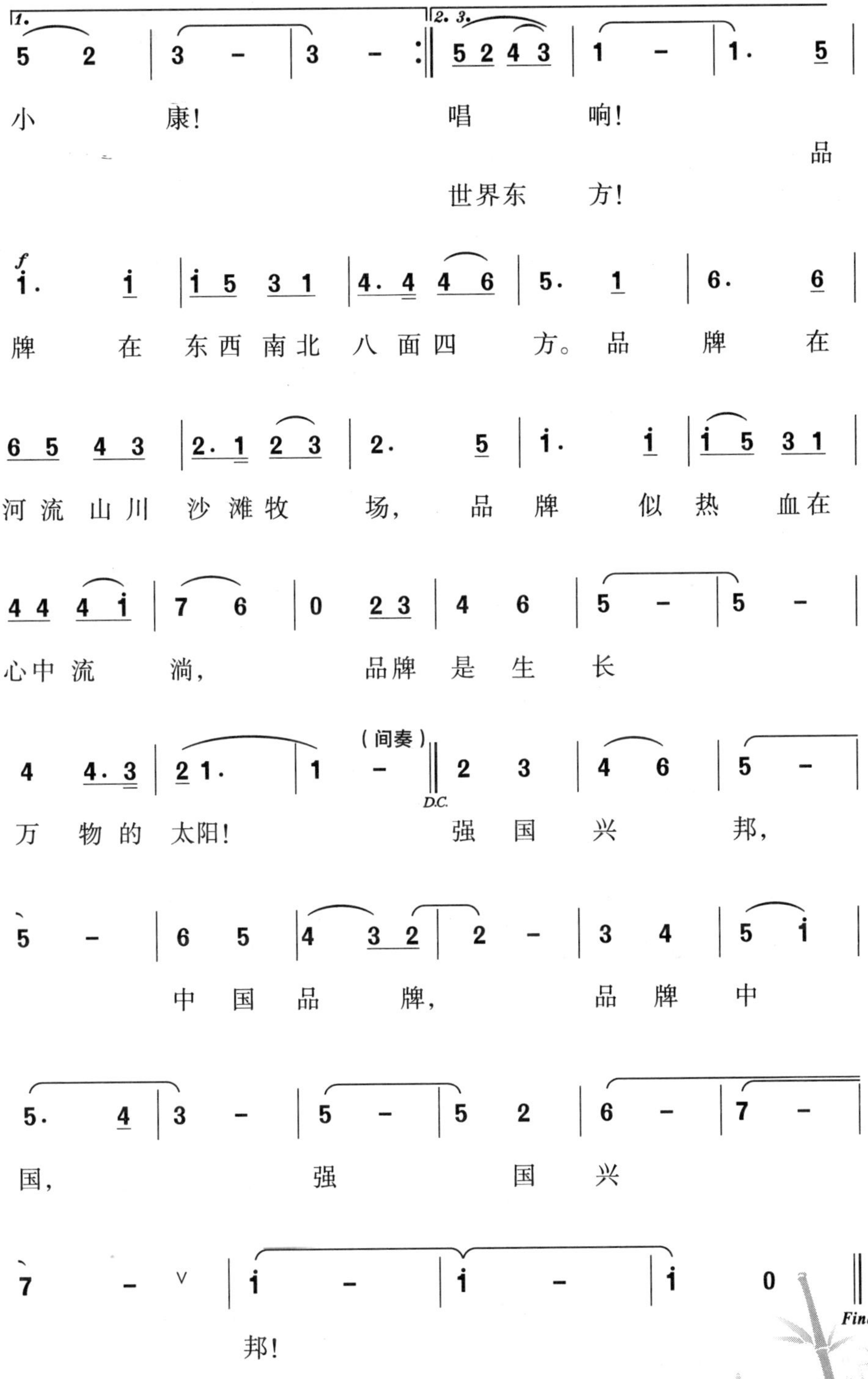
1.
2. 3.
小 康！
唱 响！
品
世界东 方！
f
牌 在 东西 南北 八 面四 方。品 牌 在
河流 山川 沙 滩牧 场， 品 牌 似热 血在
心中流 淌， 品牌 是 生 长
(间奏)
D.C.
万 物的 太阳！ 强 国 兴 邦，
中 国 品 牌， 品 牌 中
国， 强 国 兴
邦！
Fine.

中国企业文化之歌

陈卫东 李欣倩 首唱

陈卫东 曲 谭新政 词

中国企业文化促进会监制

1=F $\frac{2}{4}$

热情、自豪、向上地 ♩=112

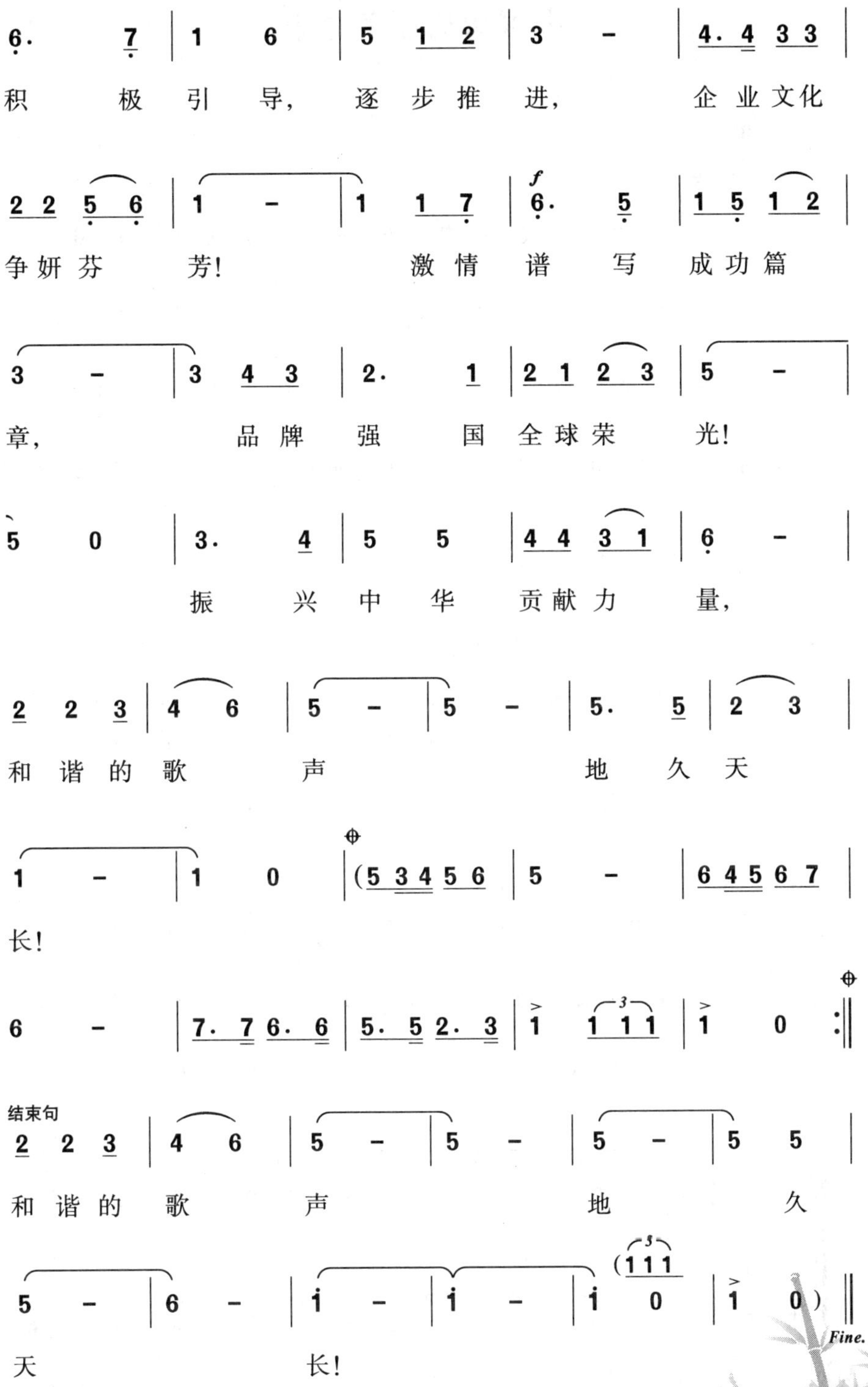
积极引导，逐步推进，企业文化
争妍芬芳！激情谱写成功篇
章，品牌强国全球荣光！
振兴中华贡献力量，
和谐的歌声地久天
长！
结束句
和谐的歌声地久
天长！
Fine.

中国售后服务之歌

1=♭B $\frac{3}{4}$
中速稍快、热情流畅地

谭新政 词
东歌 紫馨曲

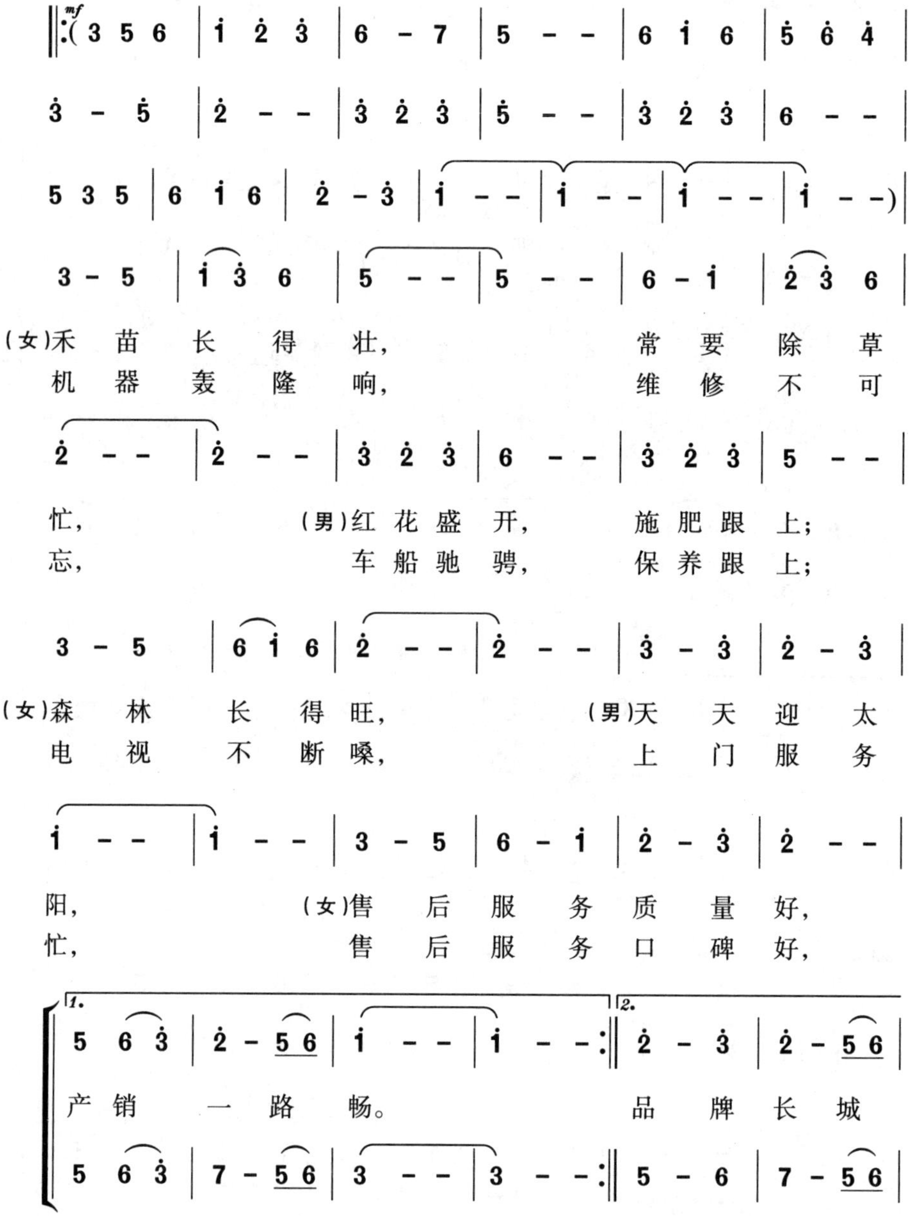

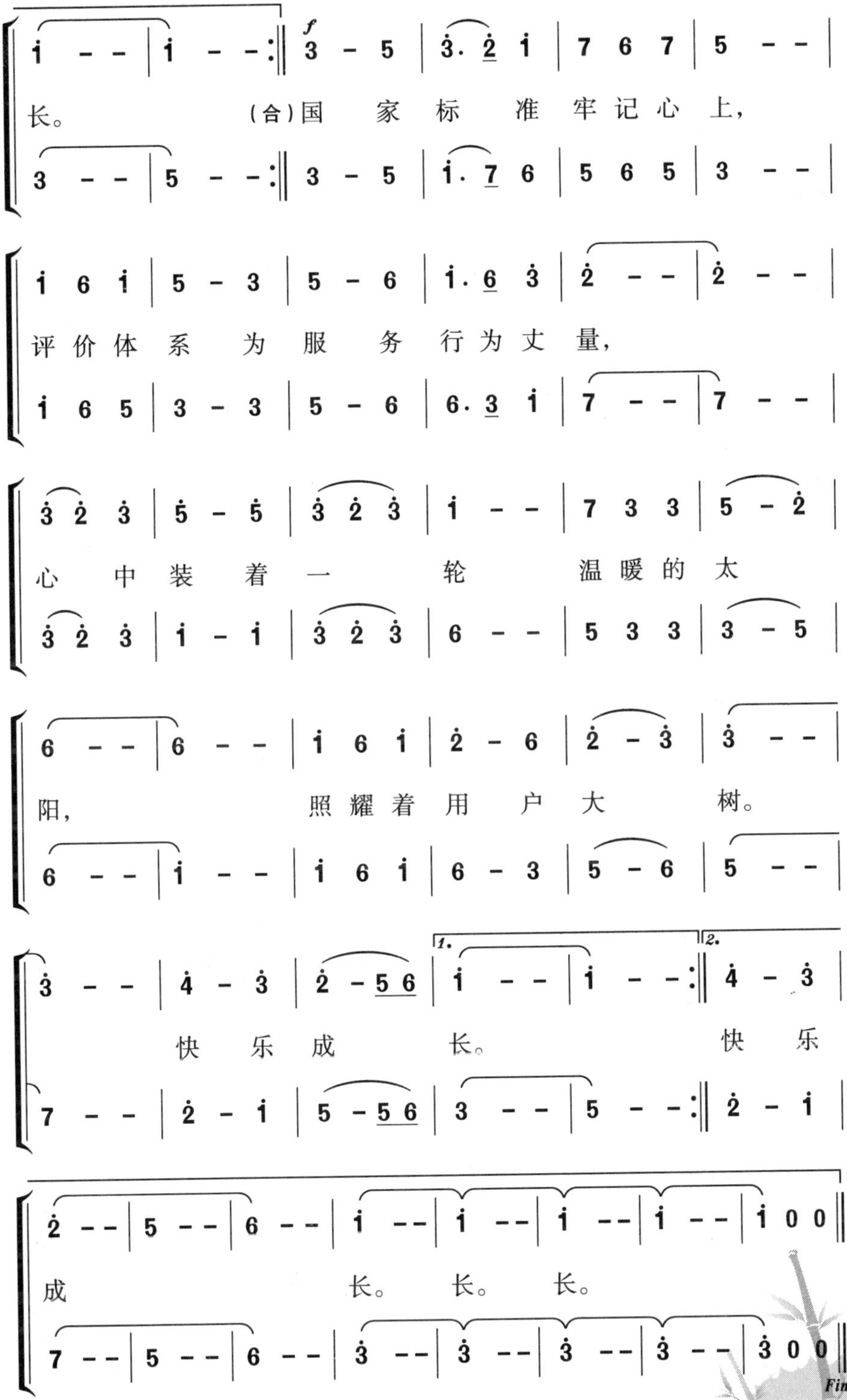
f
长。（合）国 家 标 准 牢 记 心 上，
评 价 体 系 为 服 务 行 为 丈 量，
心 中 装 着 一 轮 温 暖 的 太
阳，照 耀 着 用 户 大 树。
1.
2.
快 乐 成 长。快 乐
成 长。长。长。
Fine.

人民网之歌

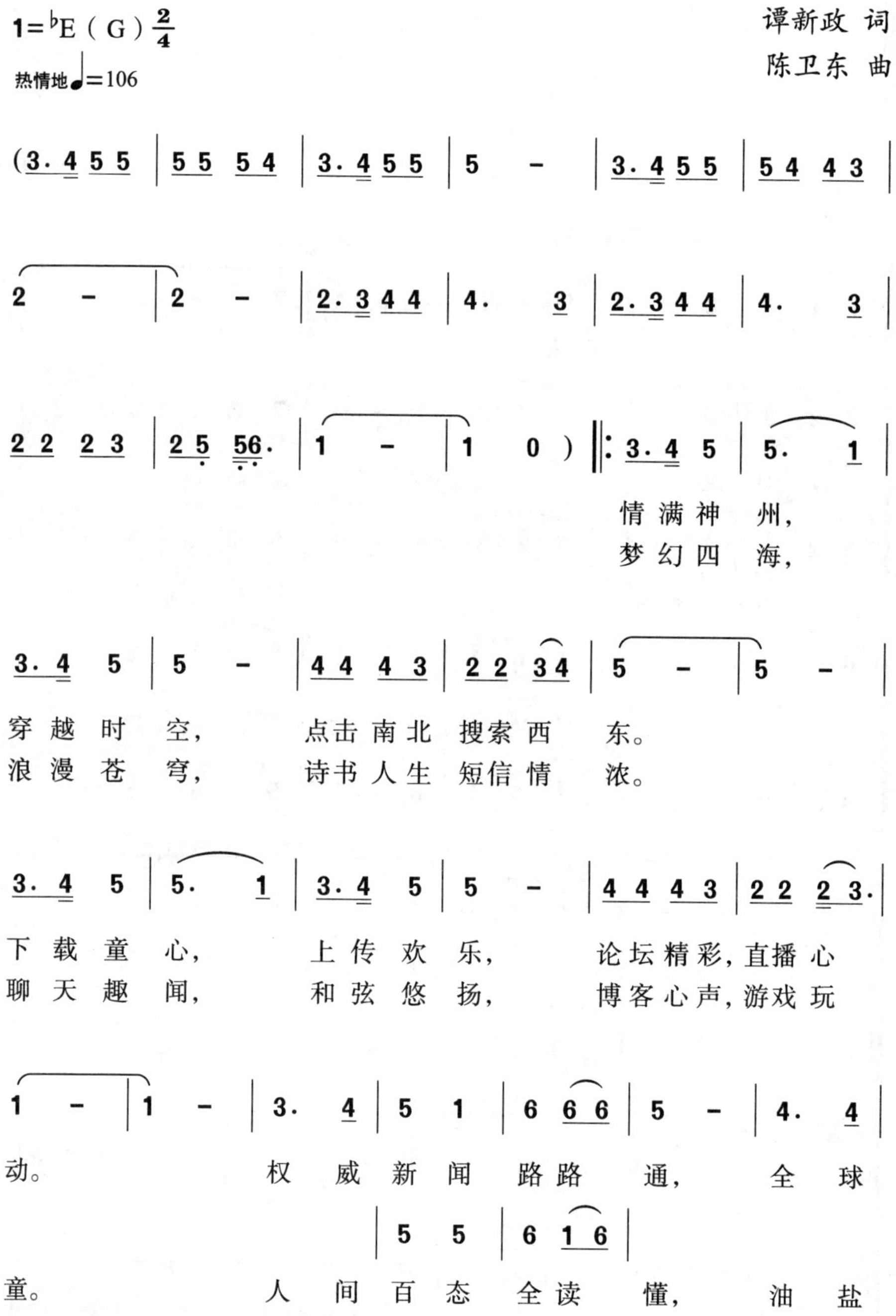
热情地
谭新政 词
陈卫东 曲
情满神州，穿越时空，点击南北搜索西东。
梦幻四海，浪漫苍穹，诗书人生短信情浓。
下载童心，上传欢乐，论坛精彩，直播心动。
聊天趣闻，和弦悠扬，博客心声，游戏玩童。
权威新闻路路通，全球
人间百态全读懂，油盐

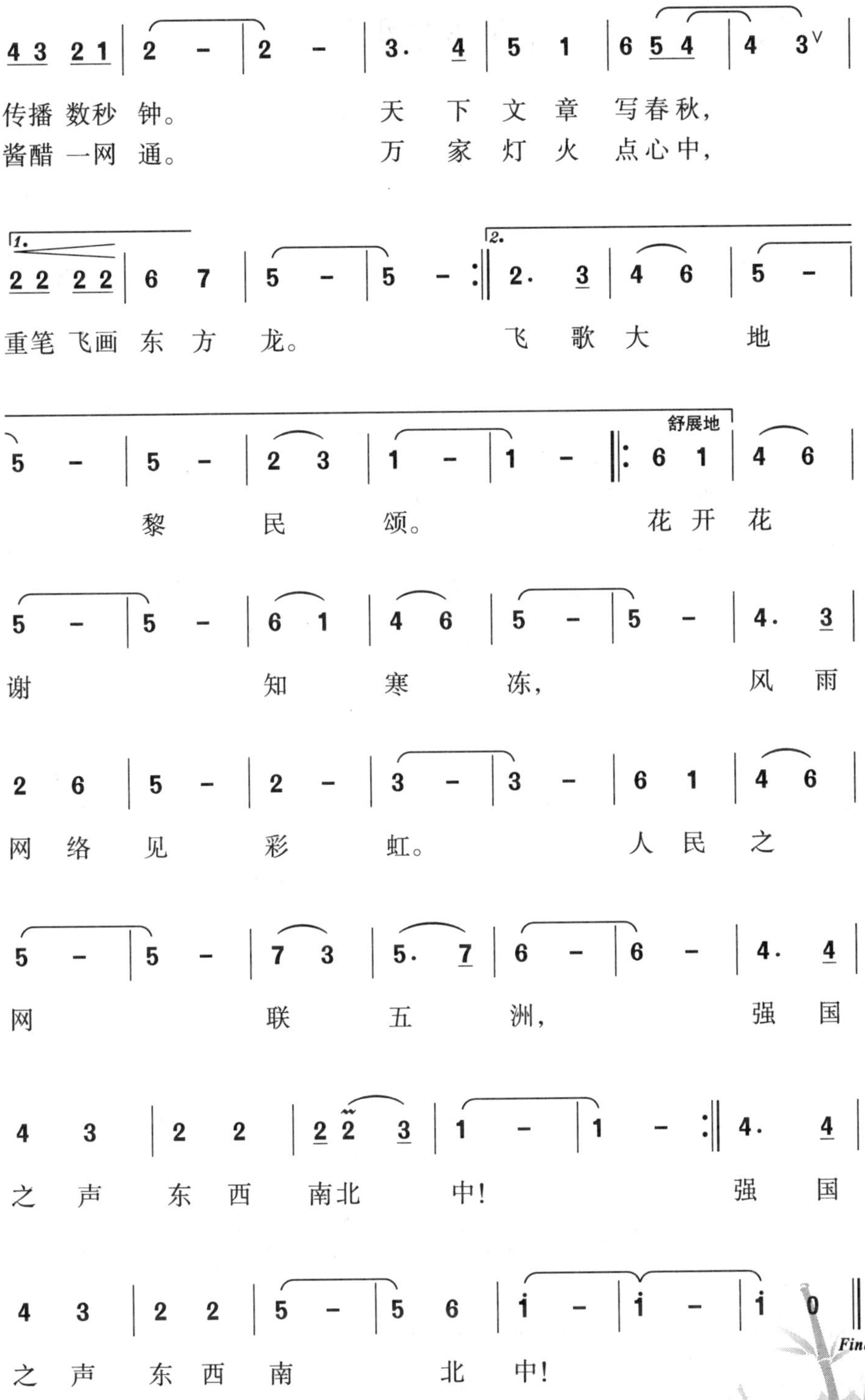
传播 数秒 钟。 天 下 文 章 写春秋，
酱醋 一网 通。 万 家 灯 火 点心中，
1.
2.
重笔 飞画 东 方 龙。 飞 歌 大 地
黎 民 颂。
舒展地
花 开 花
谢 知 寒 冻， 风 雨
网 络 见 彩 虹。 人 民 之
网 联 五 洲， 强 国
之 声 东 西 南北 中！ 强 国
之 声 东 西 南 北 中！
Fine.

中国人，雄起

献给抗震救灾的英雄儿女

1=F 2/4

坚定、有力地 ♩=132

谭新政 词

陈卫东 曲

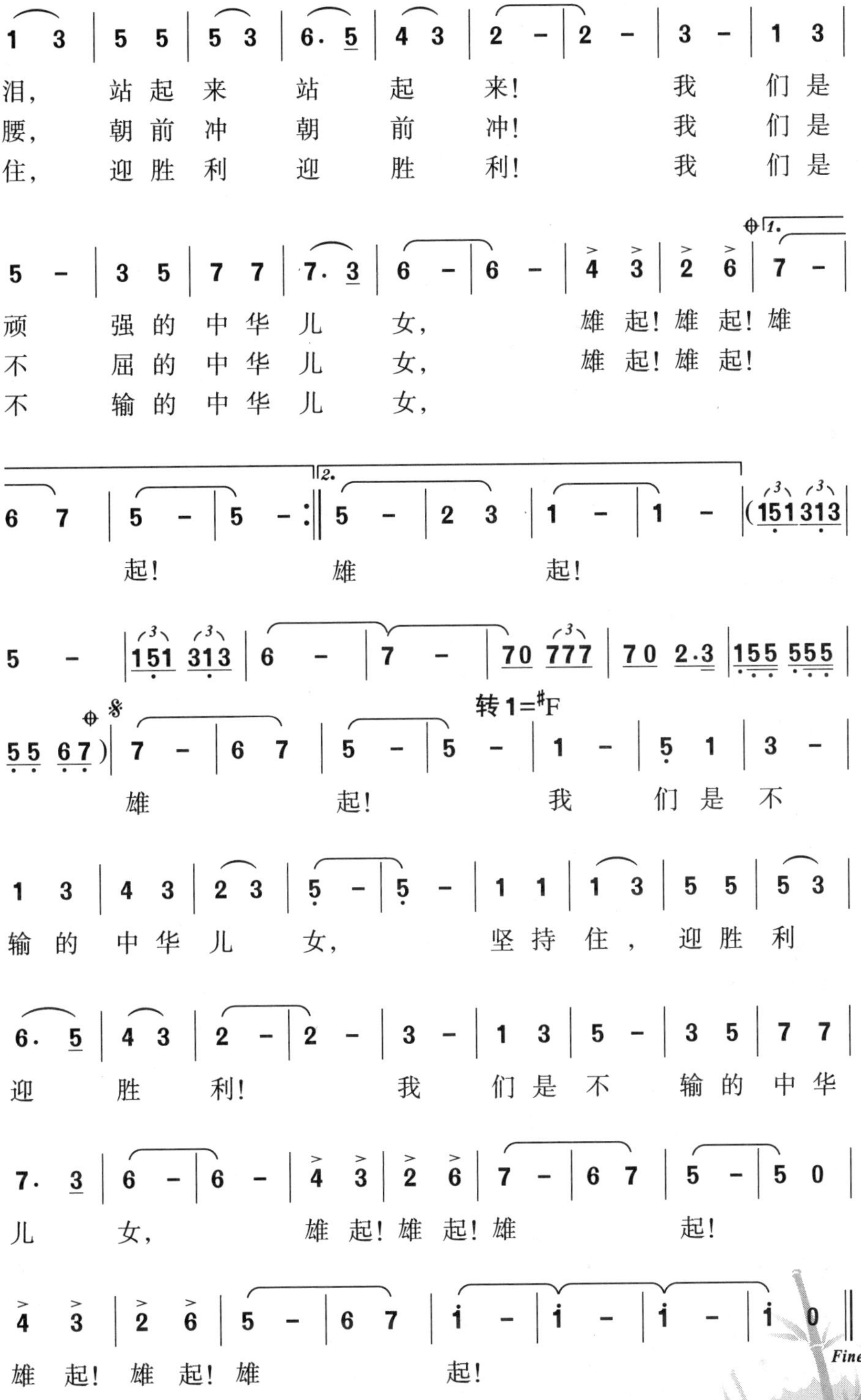
泪，站起来站起来！我们是
腰，朝前冲朝前冲！我们是
住，迎胜利迎胜利！我们是
顽强的中华儿女，雄起！雄起！雄
不屈的中华儿女，雄起！雄起！
不输的中华儿女，
起！雄起！
转1=#F
雄起！我们是不
输的中华儿女，坚持住，迎胜利
迎胜利！我们是不输的中华
儿女，雄起！雄起！雄起！
雄起！雄起！雄起！
Fine.

中国自主品牌之歌

（伍志良、孟凡萍演唱）

谭新政 词
伍志良 曲

1=♭E 2/4
有气势、激昂、自豪地 ♩=82

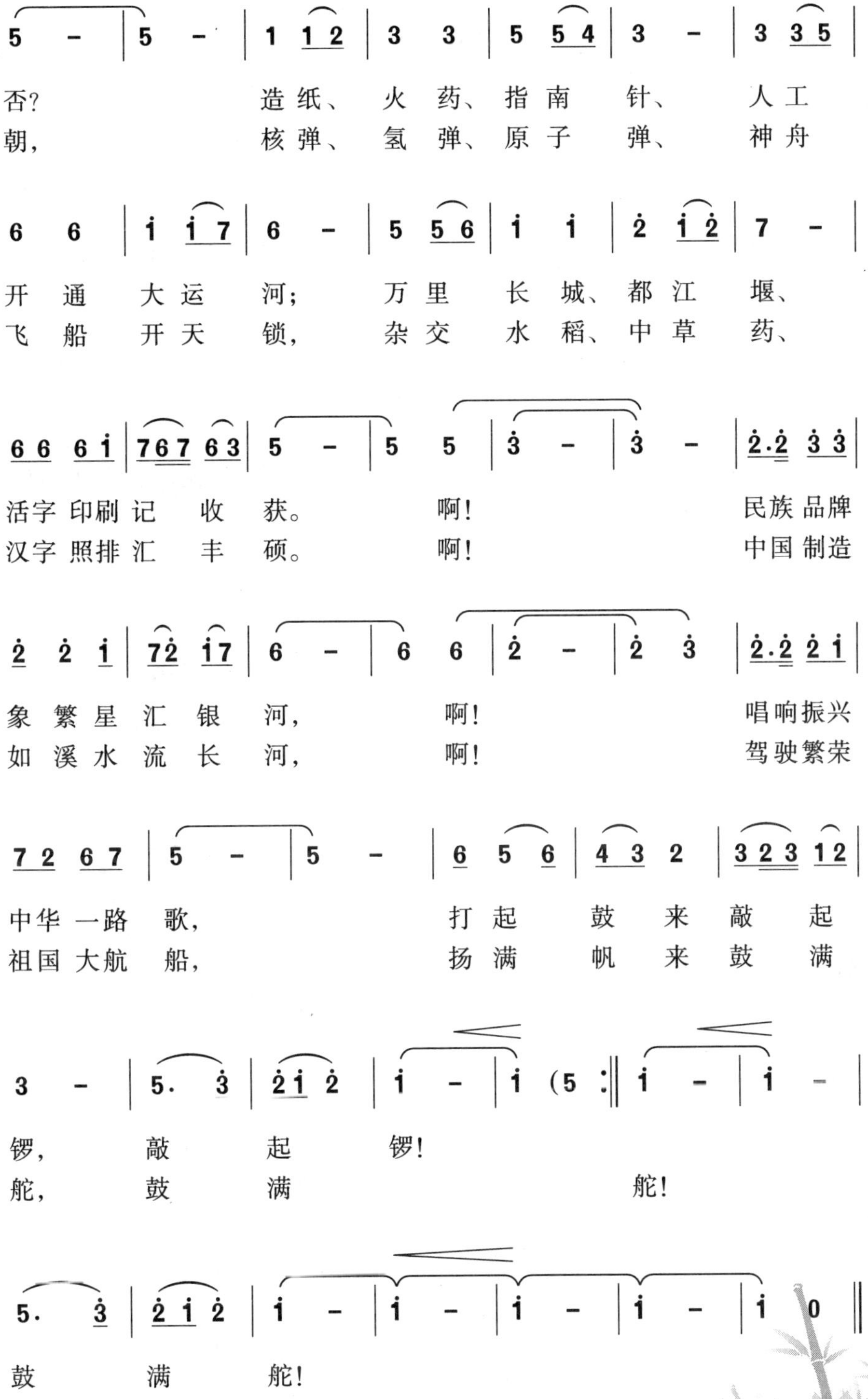
否？ 造纸、火药、指南针、人工
朝， 核弹、氢弹、原子弹、神舟
开通大运河； 万里长城、都江堰、
飞船开天锁， 杂交水稻、中草药、
活字印刷记收获。 啊！ 民族品牌
汉字照排汇丰硕。 啊！ 中国制造
象繁星汇银河， 啊！ 唱响振兴
如溪水流长河， 啊！ 驾驶繁荣
中华一路歌， 打起鼓来敲起
祖国大航船， 扬满帆来鼓满
锣， 敲起锣！
舵， 鼓满 舵！
鼓 满 舵！

铸造和谐

1=F 4/4

稍慢、深情地

谭新政 词
伍志良 曲

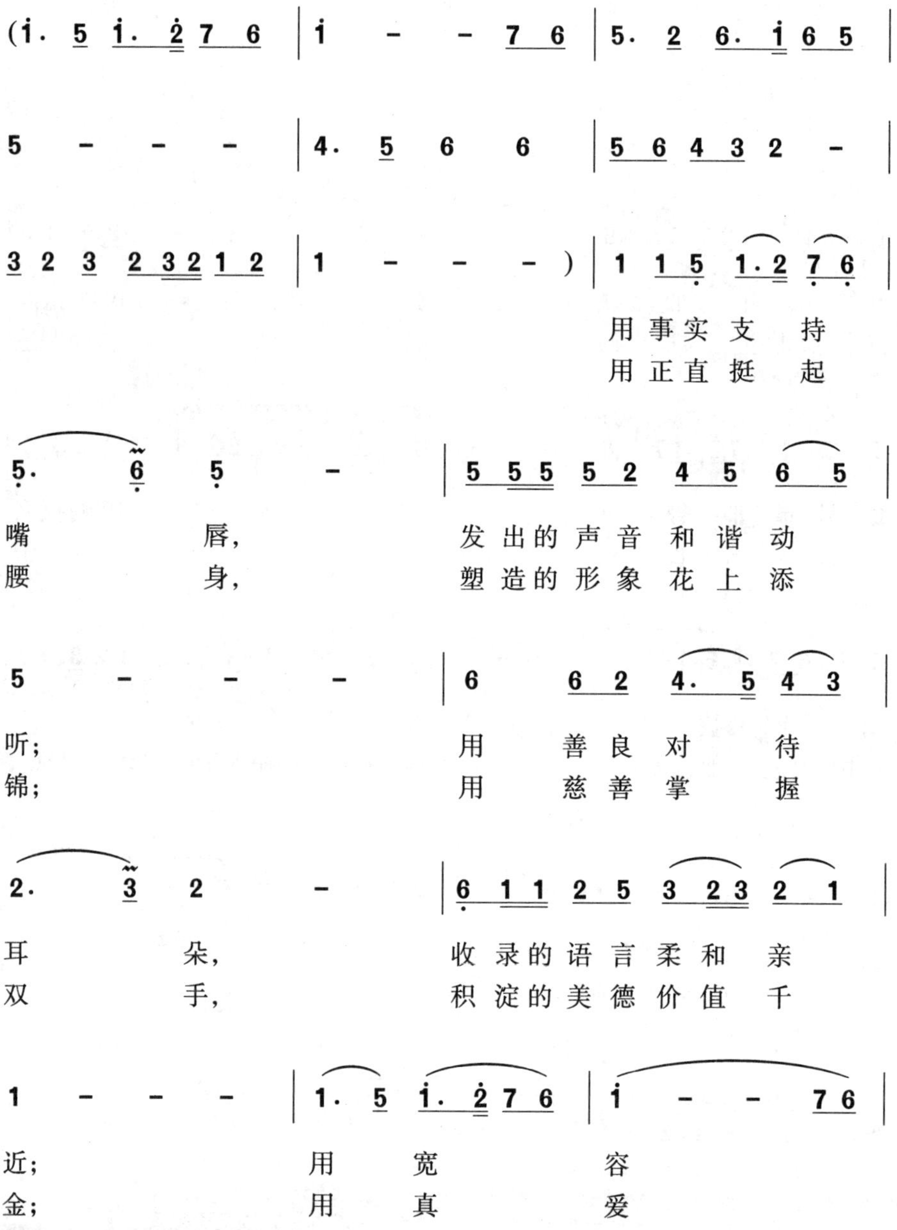

护 理 眼 睛，处 理 的
美 化 心 灵，传 承 的
事 情 亲 近 温 馨。
美 誉 大 地 回 音。
音。
转稍快
齐 心 消 除
假 丑 恶 淫，言 行 美 好 可 爱 人 品。
宽 容 大 度 平 常 心，和 谐 世 界 美 善
亲。亲。美 善 亲。
rit
Fine.

清零与充电

1=F $\frac{3}{4}$
中速

谭新政 词
伍志良 曲

短信原创

博友如诗如歌

博友是一首诗，
读出了寻味的格言和警句；
博友是一首歌，
唱响了绵长的欢笑和奇迹。
你丰富了我做人的真理，
我加一段经典永恒的回忆；
你成全了我精神和友谊，
我添一节幽默快活的绚丽。
祝你中秋，国庆双节快乐！

2009 年 9 月 30 日

庆“双节”

为建国六十年，国庆节而写

翻开《祖国万岁》，
篇篇要写天下最；
全球注目六十页，
举杯祝贺神州醉：
往前翻，年年岁岁歌声飞，
往后读，岁岁年年谱光辉！

唱响《和谐同归》，
首首都是友谊贵。
中秋月圆庆佳节，
齐心协力写精粹：
忆过去，千难万险自奋蹄，
看将来，捷报频传扬鞭催！

春姑娘磕响了脚步

庆元旦，迎春节

北国的冰封，南疆的霜冻，
只需要春姑娘脚步带起的醉风，
化作一场绵绵的细雨，
渗透僵硬的心中。

枯枝的烦恼，干草的惶恐，
只需要春姑娘缘分的相逢，
升起一轮长长的暖阳，
晒醒麻木的尘封。

2010 年 1 月 1 日于北京

祝亲朋好友虎年万事如意

（两　则）

一

2月4日，立春。牛尾消失，虎头昂扬。

虎头咬紧牛尾不放，那是春风对雪花的回望；牡丹与蜡梅同期绽放，那是勤奋对成功的奖赏；祝福与期望心中流淌，那是预祝朋友虎年安康；支持与友谊一路欢唱，那是虎年演绎新的辉煌！

祝朋友虎年万事如意！

2010年2月3日于北京

二

牛尾依依不舍回头煽风，
引发江南江北暖阳春动；
虎头潇潇洒洒昂首冲锋，
催醒长城内外李白桃红。
新年喜气洋洋歌舞吟诵，
遥祝亲朋好友事事高中。
祝你虎年事事顺利！

2010年2月10日于北京

兔年的丰收一曲大合唱

祈祷的钟声在心底敲响，
祝福的妙语撒播互联网。
舒心的日月追随春姑娘，
兔年的丰收一曲大合唱。

谭新政祝亲朋好友新年万事如意！

2010 年 12 月 31 日于北京

又到中秋

春风夏阳酿熟了仲秋的酸甜，
耕耘劳作催红了丰收的贡献；
花好月圆演奏了天地的和弦，
思朋念友讴歌了友谊的诗篇。

谭新政祝亲朋好友中秋快乐！

2011 年 9 月 8 日于北京

新春祈福

（三　则）

一

当兔头咬住虎尾之时，
兔说："流年由我值日，我的地盘我做主。"
当立春送走大寒之时，
春说："我开四季之首，赢我赢丰收。"
当钟声和弦鞭炮之时，
年说："我只是哥们姐们四季的传说！"
当朋友祝福朋友之时，我说："健康祝福，快乐得宝。"

二

求官送大礼，
求财不缺礼；
求友随手礼，
求己才免礼。
礼随人人喜，
人喜礼聚齐；
新年祝福你，
送你最贵礼；
健康跟随你，
快乐有奇迹。

三

风干的没有忧愁，
记忆的只见邂逅。
丢失的没有彩头，
放开的只听歌喉。
断裂的没有重酬，
接纳的又见丰收。
抛弃的没有温柔，
祝福的真诚朋友。

2011 年 1 月 28 日

龙年顺风顺水

龙腾飞只等柳丝吐蕊绽枝头，
年欢喜就盼腊味飘香扬灶头；
顺苍天看准龙舞春潮好彩头，
风铺纸又迎冰花吟诗喜上头；
顺大地回报民众百姓冲前头，
水谱曲高歌龙子龙孙好兆头。

藏头诗“龙年顺风顺水”，2012 年 1 月 19 日

龙年元宵节快乐

龙抬头始于春春风牵动万木复苏，
年摆尾除旧岁岁月热舞锦绣开路。
大喜日新起步步伐坚定擂响战鼓，
吉四季凭努力力挫万难点亮幸福。

谭新政祝亲朋好友元宵节快乐！

藏头诗“龙年大吉”，2012 年 2 月 6 日

龙年端午祝福

我喜欢粽子的味道，
不是纯甜纯甜的，
酸甜苦辣都要亲口尝，
因为人生会打翻五味瓶！

我喜欢粽子的包装，
不是花花绿绿的，
赤橙黄绿都现真模样，
因为未来要面对七色光！

我祝福朋友的文字，
不是矫揉造作的，
忠言逆耳都是热心肠，
因为时光会揭穿常说谎！

谭新政祝亲朋好友龙年端午节吉祥如意！

祝龙年双节快乐

风牵挂着云是因为大雨后见彩虹，
水牵挂着浪是因为惊涛后有顺风，
山牵挂着峰是因为艰险后见平坦，
我牵挂着友是因为平凡中有真诚！

谭新政祝亲朋好友中秋、国庆双节快乐！

2012 年 9 月 29 日于北京

2013 年元旦祝福

儒说：仁义礼智信，百善孝为先；
道说：天地江河湖，尊荣康健行；
释说：万般皆有缘，善恶皆有报；
友说：钱财如粪土，友谊值千金；
吾说：百年修善行，今生共船渡！

谭新政珍惜相识缘分，祝亲朋好友元旦快乐！

年是什么

年是阴阳转合的魂，
年是天地轮回的根。
年是四季放歌的韵，
年是喜怒刻录的纹。
年是血脉传承的情，
年是缘分演义的亲。
年是成功失败的痕，
年是牵挂祈福的心！

谭新政祝各位亲朋好友蛇年顺风顺水！

2013 年 2 月 4 日 · 立春

太阳每天都是新的

冰雪唱晚寸草闻春生，
柳丝舞青滴水太阳恩；
旦夕争锋长亮庆功灯，
生肖轮回播种友情根！

谭新政祝你好心情，太阳每天都是新的！

2013 年 2 月 7 日

祝亲朋好友蛇年元宵节快乐

满月银光，又见伐桂吴刚，
那是太阳甜睡的朦胧模样。
奔月嫦娥，追散满天闪亮，
那是天空编织的五彩衣裳。
华灯初上，辉煌大街小巷，
那是冬春轮回的旋律歌唱。
元宵滚烫，万户千家飘香，
那是亲朋好友的欢聚天堂！
祝亲朋好友蛇年元宵节快乐！

2013 年 2 月 22 日于北京

博客
有什么
（杂谈）

博客有什么

一

昨天，朋友突然问我："博客里究竟有什么？"

我一时语塞，问号一直在心中打转。

昨晚，畅游了浩瀚无边的博海，上得岸后，突然惊悟：

博客有饿了要吃的大米饭，加餐的面条；

博客有陈酿的好酒，开胃的小菜；

博客有杀人的利剑，捧人的摇篮；

博客有精致的糕点，山中的野菜；

博客有八卦的温床，正义的呐喊；

博客有探心的窃听器，纪实的录像机；

博客有没剪辑的电影，没写完的长篇小说；

博客有丑恶人性的独白，扭曲心态的翻版；

博客有山高的浓缩，水长的速写。

……

博者，多也；客者，熟悉的、不认识的人都上门也。

博客者，男的女的、老的少的、美的丑的、正的反的、长的短的、远的近的，都用那长长的电波，铸成一把把利剑，把个地球村上上下下、里里外外、前前后后、左左右右，翻了个底朝天。

朋友，你认为呢？

博客有什么

二

拙作“博客有什么（之一）”发布以后，承蒙广大网友厚爱和指点。现发布“博客有什么（二）”，不求细嚼慢咽，只愿一笑了之。

博客揭穿弥天大谎《红楼梦》，真真假假《西游记》；
博客缝补遗漏残缺《三国志》，虚伪狡作《水浒传》。
博客珍藏了孔老二写书的笔，李太白喝酒的杯；
博客寻找秦始皇杀人的剑，朱元璋放牛的鞭。
博客渲染克林顿包养的二奶，奥巴马搂抱的小蜜；
博客搜索恶拉登藏身的山洞，贼鸠山发家的秘密。
博客论道奇枪奇炮，记录弄剑舞棍；
博客重复千遍谣言，力挺人间真理。
博客一脸附庸风雅，满纸道貌岸然。
博客写山写水，雕龙画凤；
博客描肝描肺，扬长揭短。
博客字字人情冷暖，行行世态炎凉；
博客条条记史忆事，刷新人类篇章。

管他老的少的，深的浅的，荤的素的，红的白的，善的恶的，苦的甜的，旧的新的，鲜的陈的。还有那阳春白雪，下里巴人，风流才子，高官豪杰，明星名流，市井小民，紧张的，轻松的，搞笑的，正经的，正版的，山寨的。统统来一个：北方“东北乱炖”，江西“瓦罐煨汤”，四川“麻辣水煮”，湖北“沔阳三蒸”。

哈哈，揭盖了：博客。

博客有什么

三

昨日上午，谭兄发来短信，让我续“博客有什么（三)”，恭敬不如从命，时患牙疾，未能及时续上，今牙疾稍愈，不揣冒昧，寥作数语，不似谭兄素以擅写歌词见长，供网友一笑。

本世纪的某一天，

我驰骋在网络世界里，似梦非梦，网络女神问我：

巧林君！你是否想申请一个博客宣传你的“弥天大谎红楼梦”？

我似有顿悟地答道：是的。

“要想申请不难，但是要回答本仙家所提出的博客有什么”，

我当即显得很神勇地回答说：博客有喝令三山五岳开道的一声惊雷：我来——了也！

女神会意地点了点头。

从此，博客大家族里又多了一员山寨虎将……

不多时，一位友人又问我博客有什么，

我回答说——

博客有展示一个人才艺的最佳舞台，你的心有多大，这个舞台便有多大。

博客有把寒光闪闪的利剑，它可以震慑千夫所指的贪官，也可以吓退正准备作恶的歹人！

博客有传递亲情、友谊、知识和信息的纽带，它可以将一切不可能变为可能！

博客有沟通情感的桥梁，它可以让黑暗变成光明，烦恼变成开心，也

能令失足者迷途知返……

博客有一种可以真实而完整地刻录历史，也可以传播人类文明的机器。

博客有个出气筒，对于平常敢怒而不敢言的怨恨，它可以绕开宣御台倾吐你的肺腑之言，从而可以：有话就说，有屁就放！

博客有一座包罗万象的大观园，啥事、啥物、啥景都能看到，风景还是这边独好！

博客有私家菜园子，每天得浇水施肥，就像看瓜果那蠢蠢而动的生长过程一样地富于乐趣。

博客有一个令人牵挂、留恋的家，每天、每时，乃至每刻都想回去看看。

博客有陈年老酒，愈品愈醇，令人陶醉！让人沉迷得一发不可收拾。

博客便是博主，反主为客，这是文人的含蓄还是张扬？说不清，道不明，言不尽……还是留给他人回答吧！

但愿此后：在博客大家族里有更多的博主，不仅仅是山寨虎将……

王巧林

注：“博客有什么（三）”，由深圳友人王巧林先生撰写，作为“博客有什么”系列博文的第三篇，一并收入。

博客有什么

四

拜读过博友谭新政、王巧林两位先生的同题博文“博客有什么”，深感文字之巧妙与精到，深慕两先生之博学宏才。因此，突发奇想——意欲也为博客定义一番。虽不足为妙，亦为拾人牙慧、狗尾续貂之作，也颇慰我一时之心。

博客有舶来品，博客这个名字是音译，台湾翻译为部落格。

博客有新时代的网络文化现象，是开文化历史之先河。

博客有青年人的梦想，是老年人的心迹。

博客有名人、大家随意张贴的墙壁，又是草根、小民精心耕耘的园地。

博客有名人与草根共同打造的大千世界。

博客有个人内心世界的展现。

博客有学术专著的前奏，又是文化经典的后续。

博客有小家庭与大家庭的融合。

博客有一种新的生活方式及学习方式。

博客有遍布各地没有“记者证”的民间记者。

博客有一座大森林，里面什么鸟都有。

博客有你的世界、我的世界、他的世界共同汇成的色彩斑斓的世界。

博客有喧哗的世界，同时又是过分自由的世界。

博客有舞台边上的观众，又是舞台中央的演员。

博客有最朴素、最真实的声音，又是最微弱的声音。不过别小瞧啊！有时“于无声处听惊雷”。

博客有理智的滋补品，也是浮躁的催化剂。

博客有冷静者的清静之所，也是过激者的口水战场（以“韩白之争”为例）。

楚地俊发

注：“博客有什么（四）”，由博友楚地俊发撰写，作为“博客有什么”系列博文的第四篇，一并收入。

博客有什么

五

博客有美女的头，猛男的腰，乖儿的手，
众生百态，瞒天过海写风流！
博客有貂蝉的俏，玉环的肥，飞燕的瘦，
昭君画眉，千军万马出关塞。
博客有黄山的松，泰山的石，华山的路，
风云变幻，庐山美景天下绝！
博客有长江的风，黄河的浪，珠江的水，
波飞浪涌，黄海无情人有情。
博客有东北的米，四川的酒，内蒙古的羊，
雪山飞彩，布达拉宫添辉煌。
博客有新疆的瓜，云南的烟，山西的煤，
黄土高歌，陕西秦腔吼天下。
博客有正版的画，翻译的书，山寨的碟，
林林总总，根雕竹艺都不缺。
博客有漂亮的字，难懂的诗，好唱的歌，
天南地北，中外文化大集合。
博客有苏州的古迹，杭州的小吃，成都的川菜，
缤纷异彩，重庆美女如林立。
博客有北京的天桥，西安的皇陵，上海的高楼，
交错纵横，天津道路分清晰。
博客有广州的早茶，兰州的拉面，寿光的蔬菜，
五花八门，香港购物甲天下！
博客有银川的泡漠，衡水的白干，道口的烧鸡，

眼花缭乱，澳门赌城世界殊。

……

博者，多也；客者，你来我往，混个眼熟也。

博者，广也；客者，地北天南攀亲认故也。

管他呢。原创的，改编的；转载的，摘录的；天文的，地理的；政治的，军事的；经济的，文化的；大豆的，小麦的；蔬菜的，瓜果的；名山的，河流的；谈天的，说地的；正经的，搞笑的；正版的，山寨的；装腔的，作势的；袒胸的，露腚的；装疯的，卖傻的；淑女的，俊男的；真男人，假女相的；假女人，真男相的；真白发，装稚嫩的；假成熟，扮老练的；真名字，假照片的；真照片，伪名头的；真本事，假不懂的；假才学，瞎折腾的；挂羊头，卖狗肉的；真治病的，卖假药的；真歌颂的，假正经的；真学问的，假斯文的……

统统来一本电子书大包容，来一座图书馆全收藏，来一次历史大翻新，来一次社会大杂烩。

呵呵！此曰博客也。

博客有什么

六

中国风景名胜之寺庙宫阁

博客有北京的潭柘寺、云居寺，天津的独乐寺、清真大寺；
博客有天津的千像寺、天成寺，陕西的灵崖寺、大慈恩寺；
博客有陕西的法门寺、卧龙寺，河南的白马寺、大相国寺；
博客有安徽的甘露寺、报恩寺，福建的开元寺、南普陀寺；
博客有四川的报国寺、万年寺，云南的普济寺、松赞林寺；
博客有甘肃的郎木寺、炳灵寺，青海的塔尔寺、清真大寺；
博客有西藏的小昭寺、哲蚌寺，宁夏的石空寺、海空塔寺；
博客有河北的隆兴寺、开光寺、西藏的昌珠寺、强巴林寺；
博客有河南的少林寺、石窟寺，江苏的大明寺、寒山寺；
博客有广东的南华寺、光孝寺，浙江的天童寺、大佛寺；
博客有浙江的灵隐寺、保国寺，香港的宝莲寺、万佛寺；
博客有西藏的色拉寺、楚布寺，黑龙江的极乐寺、兴隆寺；
博客有湖北的归元寺、承恩寺，西藏的大昭寺、萨迦寺；
博客有黑龙江的极乐寺、兴隆寺，西藏的桑耶寺，海南的南山寺；
博客有西藏的夏鲁寺、绒布寺，上海的庆元寺，江西的岩禅寺；
博客还有山西的南山寺、悬空寺、显通寺、青莲寺、普化寺、广胜寺。
博客有伏羲庙、夫子庙、中原庙、三原城隍庙；
博客有关帝庙、谭公庙、张飞庙、上海城隍庙；
博客有北帝庙、莲溪庙、则天庙、宁夏中卫高庙；
博客有孔庙、岳庙、妈祖庙、香港黄大仙庙。
博客有玉皇阁、清音阁、滕王阁、大名鼎鼎的妈祖阁；
博客有天一阁、太鲁阁、凌霄阁、闻名天下的蓬莱阁。

博客有岳阳楼、镇海楼、浔阳楼、无人不知的黄鹤楼。

博客有北京的故宫、雍和宫，天津的天后宫，吉林的伪皇宫，山东的太清宫，台北的古故宫；

……

佛亦佛，无量佛；道亦道，非常道。寺是寺，观是观，佛入寺，道住观。佛修行，道修行，佛道修行不同行，修到成功都显灵。佛修行，为来世；道修行，为今生。佛道修行都认真，要把铁棒磨成针。人是人，物是物，人与人不同，物与物相通。人居楼，物居楼，穷人富人不相同。富人楼中藏贵物，穷人卖物才住楼。宫是宫，殿是殿，帝王人家进宫殿；阁是楼，楼是阁，阁字千般用，千人用来万不同。

佛教外来教，道教本土教；儒教孔孟创，代代变花样。有佛不拜堵死路，见佛就拜走弯路；拜佛到位路路通，捧佛走红自走红。平时不去把香烧，急时抱佛打水漂；拜佛有讲究，信教自由路，各教各派藏精华，各家各户自采纳。

儒教、道教和佛教，三教融合大中华，子子孙孙讲文化。治国安邦管小家，承上启下传文化，继往开来再光大。你文化，我文化；他文化，我文化。博客千万家，包容大文化。

博客有什么

七

中国风景名胜之仙山圣水

博客有北京香山，“将谓最高处，更有无穷境”（清·乾隆）；
博客有天津盘山，“早知有盘山，何必下江南”（清·乾隆）；
博客有河南嵩山，“我有万古宅，嵩阳玉女峰”（唐·李白）；
博客有山东泰山，“会当凌绝顶，一览众山小”（唐·杜甫）；
博客有湖南衡山，“青冥结精气，磅礴宜地脉”（唐·刘禹锡）；
博客有江苏茅山，“茅岭追余迹，金坛赴远思”（唐·玄宗）；
博客有江苏焦山，“焦山山裹寺，金山寺裹山”（古·无名）；
博客有安徽黄山，“黄山四千仞，三十二莲峰”（唐·李白）；
博客有河北角山，“自古尽道关城险，天险要隘在角山”（古·无名）；
博客有山西恒山，“乾坤自有灵境在，奠位岂合他山尊”（金·元好问）；
博客有陕西华山，“西岳峥嵘何壮哉，黄河如丝天际来”（唐·李白）；
博客有陕西骊山，“清山尽是朱旗绕，碧涧翻从王殿来”（唐·王维）；
博客有新疆天山，“瑶池阿母倚窗开，黄竹歌声动地哀”（唐·李商隐）；
博客有江西庐山，“不识庐山真面目，只缘身在此山中”（宋·苏东坡）；
博客有辽宁千山，“欲问青天数花朵，九百九十九芙蓉”（清·姚文元）；
博客有西藏神山，“一步一叩九叩首，朝圣绕山拜几圈”（现·金山人）；
博客有台湾玉山，“宝岛磅礴立玉山，隔海望断思香山”（现·金山人）；
……

山论高，水称长；山说厚，水讲深。山为阳，水为阴，生物万种年年长；山为父，水为母，动物千般代代生。

山有山的故事，水有水的笑话；山有山的苦恼，水有水的快乐！山有山的哲学，水有水的文化；水成汹涌，山为源头；山有多高，水有多长；山不择细土而成高山，水不拒细流而成大海；山可升地也能裂地，水能载舟也可覆舟。

知识是座山，登上山顶还有山，山外有山莫满足，再登山；

困难是座山，踩了这山踩那山，千难万险何所惧，不怕山；

财富是座山，堆高里山堆外山，身外之物不要贪，山埋山；

目标是座山，登了一山少一山，登上山峰精神爽，山顶山；

爱情是座山，这山看了看那山，那山更有高山顶，要识山；

朋友是座山，走了青山走黄山，友多路熟通天下，山连山；

人生是座山，过了一山又一山，过了三山不到老，山外山。

山绵延，水漫长；山无垠，水无疆；山有情，水有意；山作画，水磨墨；山写诗，水作词；山唱歌，水跳舞……

博客可装也。

博客有什么

八

中国风景名胜之仙山圣水

博客名山有百花山、八达岭、苍岩山，名湖有青海湖、鄱阳湖；
博客名山有天梯山、野山坡、大孤山，名湖有洞庭湖、大太湖；
博客名山有长白山、兴安岭、五台山，名湖有洪泽湖、呼伦湖；
博客名山有灵空山、北五当、老顶山，名湖有纳木错、色林错；
博客名山有宝塔山、鸡公山、千佛山，名湖有博斯腾、南四湖；
博客名山有武当山、张家界、井冈山，名湖有镜泊湖、千岛湖；
博客名山有三清山、神农架、龙虎山，名湖有大东湖、大西湖；
博客名山有三白山、金鳌山、云龙山，名泉有月牙泉、趵突泉；
博客名山有栖霞山、观音山、北固山，名泉有华清池、虎跑泉；
博客名山有龙王山、普陀山、雁荡山，名泉有邦腊掌、九龙泉；
博客名山有江郎山、龙泉山、雪窦山，名泉有芙蓉江、官泉谷；
博客名山有天台山、天目山、九华山，名泉有难老泉、天坑地缝；
博客名山有天柱山、齐云山、琅琊山，名江有黑龙江、松花江；
博客名山有九日山、太姥山、万石岩，名江有澜沧江、雅鲁藏布江；
……

山不在高，有仙则灵；水不在深，有龙则灵。山无常峰，水无定形；山有山神，水有水怪；佛道喜山，智者乐水。山有山神庙，水有水龙宫；山有火焰山，水有水帘洞；山有三山五岳，水有四大湖泊；山有七十二峰，水有万千源头；山有四大佛教名山，水有十大著名河流；山有四大道教圣地，水有十大中国名泉；山有绿林好汉，水有水泊梁山；山有愚公移山，水有大禹治水；山有移山填海，水有水淹七军；山有沉香劈山救母，水有法海水漫金山；山有牛皋抗金于天梯山，水有杜十娘怒沉百宝箱；山有如来佛压悟空于五指山，水有小哪吒欺龙王大闹水龙宫；山有动物千般地下矿藏琳琅满目，水有水禽万种水中宝贝取之不尽；山有时珍采百药成就《本草纲目》千古流传，水有郑和斩千涛写史《郑和下西洋》百世流芳；山有酒泉卫星发射高科技惊动玉皇，水有葛洲坝发电举世无双吓倒龙王；山有五壮士豪气冲天跳狼牙山，水有八女子气贯长虹勇投大江。……

地震推土形成山，细滴集合变为洋；山若跳舞则裂地，水若欢歌而淹山。山的故事演绎激情悲壮，水的传说传递感天动地。

细土知含量，滴水见太阳。

慈善如水，百善孝为先，捐赠助贫弱，上善若水；

困难如水，劈波水让路，扬帆竞千渡，旁若无水；

小家如水，勤俭财成山，细水流成河，细水长流；

治国如水，百水引为先，千渠疏为上，水无常形；

处事如水，水胸宽大度，肚里撑大船，水容天下；

交友如水，品德尊为上，水往低处流，人品水品；

和谐如水，不拒一滴水，莫择小溪流，水德载物；

……

博客如水，博友如桨，扬帆斩浪，水到渠成。

博客有什么

九

中国风景名胜之仙山圣水

博客名山有越秀山、丹霞山、白云山，名江有大长江、大黄河；
博客名山有象鼻山、七星岩、姑婆山，名江有大珠江、大怒江；
博客名山有圣堂山、莲花山、梵净山，名江有大汉江、大辽河；
博客名山有香炉山、太平山、五指山，瀑布有黄果树、壶口瀑布；
博客名山有阳明山、合欢山、阿里山，瀑布有九寨沟、庐山瀑布；
博客名山有格里雪、哈巴雪、玉龙雪，瀑布有镜泊湖、德天瀑布；
博客名山有白茫雪、西岭雪、青城山，瀑布有银链坠、流沙瀑布；
博客名山有峨眉山、贡嘎山、二郎山，瀑布有雁荡山、冯岭河；
博客名山有金佛山、海子山、缙云山，瀑布有井冈山、天河潭；
博客名山有四面山、歌乐山、宝顶山，名水有武陵源、猛洞河；
博客名山有麦积山、崆峒山、日月山，名水有雅砻河、神龙溪；
博客名山有海心山、贺兰山、阿尔泰，名水有鸭绿江、北戴河；
博客名山有火焰山、博格达、珠穆朗玛，名水有芙蓉江、小山峡；
博客名山有拉法山、山海关、吉尔果山，名水有汨罗江、万泉河；
……

山水可圈可点，可塑可造；山水可高可低，可长可短；山水可吃可喝，可游可玩；山水可歌可唱，可喜可怒；山水可好可坏，可静可动；山水可拆可修，可保可损；山水可书可画，可褒可贬；山水可公可私，可大可小。

山啊山，人啊人。生在山水，活在山水；吃在山水，玩在山水；爱在山水，恨在山水；死在山水，葬在山水；源于山水，回归山水。山水变化几万年，人生轮回几万天；山水翻新折磨岁月，人生在世只争朝夕！

山水，山水，动中有静有湖泊、泉水、瀑布、江河、云海、海滨、海洋；静中有动有山岳、雪山、峡谷、湿地、岛屿、雨凇、洞穴。林林总总，气象万千，写就天下自然景观，美轮美奂。

山水，山水，价值万金有珍稀植物、珍稀动物、生物化石、浩瀚森林，无边草原；望而不及有日出日落，海市蜃楼、七彩佛光。千姿百态，栩栩如生，构成神州生物景观，天象景观。

山水，山水，千山万变有喀斯特景观、花岗岩景观、丹霞景观、变质岩景观；万里如一有无垠沙漠、绵延戈壁。巧夺天工，鬼斧神工，描绘祖国地貌景观，地质景观。

山水，山水，千年历练有古城、古道、古镇、古塔、古村；百世传承有古陵墓、古水利、古园林、古石窟、古石像、古建筑、博物馆；花样翻新，斑斑陆离，完善了人间遗迹景观、历史景观。

山水，山水，中外融合有儒教文化、佛教文化、道教文化、中华品格文化；性格鲜明有民族文化、民俗文化、村寨文化、度假文化。源远流长，层出不穷，光大了中华宗教文化，民俗文化。

山水，山水，有钱去玩，有空去玩；寄情山水，悟在山水。相亲讲一见钟情，访古要细究慢查；配对讲男才女貌，文化要差异变化；婚姻讲从一而终，游山要喜新厌旧；养儿讲一生孝道，玩水要见异思迁。

山水如诗：山苍苍，水茫茫，千人吟诗万人赏；眼中山水。

山水如画：山缩小，水放大，一纸油墨装天下；手中山水。

山水如舞：山舞台，水舞台，天地在胸我表演；脚下山水。

山水如友：初相交，路相逢，知心朋友不滥交；识透山水。

山水如情：雾漫漫，水涛涛，真情厚谊不可抛；爱惜山水。

山水如财：取不尽，用不完，生财讲道不要贪；用好山水。

山水如家：父亲山，母亲河，传宗接代唱新歌；珍重山水。

山水如国：山为尊，水为大，赤胆忠心保国家；保护山水。

……

山水之大游览，大检阅，大总结，唯博客可也。

人死了，博客归谁

这是一个关系到博主切身利益的问题。

这是一个关系到网民切身利益的问题。

这是一个关系到QQ、MSN、网络游戏、电子邮箱等虚拟物权同样命运的问题。

这是一个关系到互联网发展方向的问题。

这是一个牵涉到诸多法律、法规的问题。

中国现有网民超过3亿人，据说各类博客已达5亿多户。再过5~10年，中国网民可能超过10亿人，开博客人数可能超8亿。到那时，博客可能是相互联系的主要桥梁和手段，是交流工作的主要工具，是天下最大的一部电子书，是记载历史的图书馆，是广告宣传的重要载体，是人类的新器官，是一笔不小的数字财产。

人总是要死的。当我们在世和百年以后，苦心经营的博客都面临以下几个问题：

一、博主和网站究竟是什么关系？要不要签合同？

二、博主和网站没有任何合同约束，纠纷咋断？谁来断？

三、博主发什么？发多少？每天能访问多少？现在没有标准，网站也不明示，谁说了算？

四、网站删、停、限，控制博主的全部权利，或部分权利，博主去哪里说理？

五、倘若某网站倒闭，博客里的东西都没了，谁来赔偿？

六、博主互相移花接木，用假名、假相乱转乱载别人成果，谁来制止？

七、博客里的广告收入归博主还是博主与网站分账？

八、博客的知识产权谁来保护？

九、博客的价值谁来评定？

十、已出现某大型网站事先不做任何说明与告示，突然关闭近亿人经营近十年的博客（个人主页）。如果告上法庭，有人受理吗？官司谁输谁赢？

十一、人死以后，博客的继承适用于现行相关法律、法规吗？

笔者大声呼吁：

一、开设博客的网站要尽快制定可行的“告知书”和“管理制度”，明示网民。

二、有关部门和协会要制定“博客博主与网站合同书”的格式化合同。

三、尽快制定《虚拟物权管理行为规范》行业标准或国家标准。

四、尽快制定“虚拟物权”相关法律、法规。

五、由相关部门成立虚拟物权遗产保护委员会。

六、国家知识产权管理有关部门应关注这方面的立法事务。

牵涉每个网民的一大笔数字财产，大家都来呼吁呐喊。啊！

脑筋没有急转弯（杂谈）

脑筋没有急转弯

一

谭新政经典名词解释100条之1~20

文化：习惯、规则和心理积淀的总和，写在心中，刻在书上，传于子孙，变在当代，发展在后世。

中国文化：儒、释、道三教合一，博大而精深。用她乳汁养大的现代传人，休闲时力争上游，有难时全力对外。

企业文化：企业追求最大利润与可持续发展，把行业和自身习惯、规则和心理积淀的总和铸造成牢固的紧箍咒，老板是唐僧，员工是孙悟空。

亚文化：如果说文化是无边无际的汪洋大海，那么，流入大海的千条江、万道河就是亚文化。

企业亚文化：假如企业文化是长江、黄河，那么汉水、沓江、嘉陵江、洮河、湟水、汾河等就是企业亚文化。

传统文化：把父辈写在书上，记在心上，付诸行动上的核心习惯和规则教给儿女，传给子孙。

儒家文化：名叫孔子、孟子的先生和追捧者，把先人治国、安邦、齐家、忠君、孝道、诚信的理论和实践发扬光大、让后代依样画瓢。

道教文化：本土生长，以道和德作为基本信仰。“道”生万物，讲今生，追求长生不老，相信命运掌握在自己手中。“德”是“道”的体现，是自我行为的大曝光。

佛教文化：印度一个叫释迦牟尼的大和尚，带领一帮信徒，天天念叨：智慧、觉悟、做善事、修来世。汉朝皇帝去请佛，唐朝皇帝也去请佛，于是，中国人在絮絮叨叨的讲经中接纳、融合，形成了有形无形的长绳，捆住了一代又一代人的手和脚。

单身亚文化：光棍族的翻译语言，其诗曰：“好好打光棍，单身的日子不久啦；光棍不可怕，就怕光棍没文化。”

服务文化：为他人提供需求和方便换来自身利益的行为规范。

售后服务文化：赚了钱，又怕别人用得不踏实赚不了更多的钱而采取的弥补行为。

品牌文化：用种种行为，制造一种能穿透情感的东西，让众人自觉地说这个商标，哪个招牌的好话。

互联网文化：借用电波，把地球浓缩在一个村子里。

博客文化：用自吹自擂、纪实写真的手段，勾引大家相互侵入个人空间。

草根文化：虽在底层，却是支撑生命延续的核心。

手机文化：人类第六器官的诠释。

山寨文化：为主流圈敲边鼓的行为。

休闲文化：用金钱放松自己的诗歌。

建筑文化：不断地研究装人的大格子、小格子，把技术、艺术和人生融为一体。

餐饮文化：食为天、食为大的诗与歌，食充饥、食骄奢的书和画。

脑筋没有急转弯

二

谭新政经典名词解释100条之21~40

朋友：对你的牵挂是他的心思和家常便饭。

挚友：愿意和你在人生道路上接受风吹雨打。

死友：既是见了上帝，也不忘牵挂。

石友：友谊的真名叫“顽石”。

笔友：用文字串联两颗跳动的心脏。

闺友：两个小姑娘把鸡毛蒜皮的事写成连续剧。

密友：好到可以同穿一条裤子。

文友：把咬文嚼字作为交流工具。

盟友：为特定目的联合起来。

益友：一盏自我生存发展的导航灯。

诤友：揭你短处的目的是认你当兄弟。

男友：如果够分升级，男女两人躺在床上数天花板。

女友：近代人对古代“佳人”、“伊人”的翻译词。

交友：把他（她）作为一本打开世界的书来读。

酒肉朋友：刘邦和樊哙故事再版后的山寨版。

友情：把彼此捉摸不透的东西固化在思维和行动中。

友人：朋友和友人的区别：自由诗和现代诗的区别。

爱情：把打翻的五味瓶，搅乱的七彩色融合在激素和荷尔蒙之中，散发出相互吸引的化学原料，期望能反映出一生全部和永远的感情和幸福。

情人：感情深厚之友人的两种版本。正版：恋人之歌的副歌；盗版：小三旋律的序曲。

老公、老婆：一棵树上筑巢的阴阳二鸟，一石飞来两种结果；1. 相濡以沫，恩爱长久；2. 风雨飘来，各奔东西。

脑筋没有急转弯

三

谭新政经典名词解释100条之41～60

社会：自我繁殖，能说话，高智商的千万个动物个体集合，依赖、啃吃、修复、改造着地球村。

白社会：扎堆在高档写字楼，钱包比常人鼓一点，白色领带照亮一个角落的群体。

黑社会：聚集在同一屋檐下的一群伙伴聚合成特殊利益群体，用非正当手段搞来的钱上蒙着一层黑色油彩。

白领：总想靠穿着光鲜、收入丰厚就能鹤立鸡群，却逃脱不了“房奴”、“剩男”、“剩女”咒语的纷扰。

蓝领：衣着与蓝天浑然一体，主要靠体力挣钱的一族。

奸诈：阴险狡猾的孪生兄弟。

奸商：颠覆了财神爷赵公明卖米用斗量要满、要尖的忠告。

儒商：靠玩字符组合游戏，获取铜板的职业赚钱者。

商人：以个人名义，通过必要手段、手法从别人腰包掏钱的职业行动。

经商：把东和西，西与东对买对卖，从中获得差价的行为。

商务：研究和实践怎样掏别人腰包的技术和艺术。

商业：组成一个机构，拥有一块地盘，创造一种机会，让消费者掏钱换产品的理论和实践。

官商：把变异、变形、扭曲和隐藏的大红官印盖在商业合同书之上。

诚信：把历史上“曾子杀猪”、“赵氏孤儿”的故事演绎成亘古信条：无诚则有失，无信则招祸。

信任：因为你曾经兑现了从口出、从笔录的预先承诺；因此，简化了与你合作的繁杂手续。

信用：长时间积累的信任和诚信相加超过了九十分。

信仰：把看不见、摸不着的一种意识，自以为是地确定为至死不渝的信念。

信义：仁义、信用、守信兼备的综合体。

信念：对一种思想、事物确定以后，至死坚信不疑。

信誉：把相互信任的生产关系和社会关系用赞美、称赞的方式记录于文字，融入大脑。

脑筋没有急转弯

四

谭新政经典名词解释100条之61～80

钱币：秦始皇始创，由国家发行，统一强制使用的货币符号，是商品交换的重要信物和凭据。

赚钱：通过自身的资本或者劳动力，创造不同形式的劳动状态，相互从别人腰包里掏出货币符号。

挣钱：把时间、知识、汗水和劳动转换成能进行商品买卖的货币符号。

黑钱：用山寨式的手法，把蒙上一层黑油的货币符号装进特定利益集团腰包。

洗钱：用正当手段洗去铜板上的黑油，把看似干净的货币符号渗入流通社会。

房地产：有人把土地及上面的建筑物编成故事，说它是国民经济的支柱。然后，把一个个故事演化为看似无形却挣不掉的魔绳，用它来绑架某些官员，绑架金融，绑架经济，绑架百姓的几代积蓄，鞭打、驱使成千上万的房奴。

炒地皮：像玩牌一样对待别人已到手的土地使用权，反复地把底牌拿起来重新扣牌，把面粉的价格炒至高于馒头价格。

房奴：心甘情愿地为几十平方米能装人的小格子当牛做马。

产品：智力加体力制造出来，用以满足人们需求和欲望的有形物体或无形载体。

品牌：对一种商品有好的感觉，自己和其他许许多多张嘴都说某个商标、招牌的好话，心甘情愿地多掏腰包拥有它。

自主品牌：在中国境内，由黄皮肤人种自己开发，拥有自主知识产权的商品，在国际上得到很多张嘴巴的共同称赞。

当官：戴上不同形状、不同规格看似无形却有级别的帽子，不同时期、不同阶段采取不同的手段治理民众。

官僚：同在一起，服从发官帽人的指挥，在统一尺度下治理民众。

清官：常在河边走，就是不湿鞋。

贪官：利用国家和人民给予的权力，有了分内收入，还要不知足地把不属于自己的钱财装进腰包。

昏官：像醉酒八九分的人那样行走于官场舞台和处理人和事。

庸官：占据着和尚位置，经没念好，钟也撞不响。

策划：充分挖掘和利用现有资源，采取科学的最佳组合方式，制定能达到最佳效果，实现最好目标的一系列方式方法。

现代美女：现代人的口头禅。凡雌性、能说话、有思维的高等动物的统称。

现代帅哥：有求于你，或装客气时的称呼。凡雄性、能说话、有思维的高等动物都在此列。

脑筋没有急转弯

五

谭新政经典名词解释100条之81～100

读书：通过付出钱币和时间的方式，收购先人汇集的文字及数理符号，植根于自身大脑深处，转化为个人的有形资产和无形资产。

大学：有一批专业的机构，只有它发出的一张纸能证明：你录入大脑的文字及数理符号要比中小学生多一点。

博士：在特定的机构里，用钻牛角的办法，比常人多懂一些文字符号及专业技艺。

博士后：获得称号的目的是要告诉大家，不是走在博士的后面，而是工作经历、专业研究要走在博士的前面。

出名：通过正当的或山寨的、炒作式的手法把自己的名字记在传媒之上。例如，花几百元在媒体上刊登一个书讯广告，告诉几十万读者，相信某人出版了某书。其实呢？子虚乌有。

格言：不只是一种装在方格里的文字符号，而是浓缩了人之机智和精华，给人以启迪和教育的立体语言。

名气：假如一群人同去讨饭，哪个让许多人事先知道他名字的人在都得到一个面包的同时，至少会多得到一段红肠。

名人：在人群中，有的人通过自身努力，使自己的名字被多数人知道；或者，人通过不停的翻炒，把谎言变成真理，把“人名”二字的顺序颠倒。

名流：名字叫得响，传得远的一些人在大众潜意识里形成一股洪流。

名声：一个人的语言、德行，被人认知的多寡，能够被特定的群体认同或唾弃。

名誉：把所作所为转换成文字符号，通过口头和传播手段告诉更多的人。

名言：从嘴里吐出，从纸上蹦出的文字符号，值得很多人反复咀嚼、回味、深思和启迪。

名利：通过各种手段使人名让多数人知道，以此引诱大家往他腰包里装东西。

名堂：把古时候帝王会见诸侯，接见长者的地方，演化为“千百花样”、“万千成就”、“不同结果”、“是非道理”等名词和动词。

名片：印在纸上的一大堆真真假假的头衔和称谓，用它来唬人和炫耀。其实，在名片上只印名字和不冠任何头衔、不留电话，或者干脆不要名片，只凭一张公众熟悉的身影走遍天下之人才是最可敬畏的。

股票：可以用它来换牛奶和面包的花花绿绿的硬纸条，它的伸缩、持久之功效好比是一只气球。

炒股：凭借那些花花绿绿的硬纸条，变戏法般地叫人一夜暴富发横财或者倾家荡产。有诗曰：股票是船，行情是水；水翻浪高，庄家弄风。

彩票：勾引成千上万的人为圆发财之梦去购买二指宽的纸条；把千万人细滴汇成河的财富只舀一瓢给少数人，其余留给了某种机构，据说是干了某种事情。

平衡：一条扁担两个筐，每个筐的重量要差不多。否则，挑担的人会无所适从。

境界：对某种事物的认知和评价只在你我心中。

弯是直来
直也弯
（哲理诗词）

弯是直来直也弯

一

路

世上本无路，
走出来了就开悟。
开出了山水田土屋，
开出了油盐柴米醋。
开出了家中诗和书，
开出了国家仓和库。
凡人脚下都有路，
勤劳汗水铺通途。

世上本无路，
走出来了就开悟。
悟出了无路变通路，
悟出了窄路变宽路；
悟出了弯路变直路，
悟出了短路变长路。
走过老路创新路，
国家强盛民也富。

弯是直来直也弯

二

鹅眼和牛眼*

白鹅向天吟，
两眼朝前盯；
看人一粒豆，
看铁一颗钉。
黑牛默默耕，
双目放光明；
看人一座山，
看树树成林。

人无完人错对三七分，
事分巨细快慢松与紧。
看人缺点鹅眼睛，
数人成绩牛眼评。
大度容纳人世情，
人生路上土变金。

注：*鹅眼睛有缩小功能，牛眼睛有放大功能。

弯是直来直也弯

三

享有、拥有和占有

人人都在享有，
空气森林还有河流。
任何人只能享有，
不能拥有和占有，
哪怕你是皇帝和王侯。
这是上天的安排，
留给子孙生存的理由。

人人都在拥有，
父母亲情还有朋友。
任何人只能拥有，
不能无理和占有，
哪怕你是权贵和领头。
这是祖先的遗传，
教育后代平等的所有。

人人都想占有，
资源金钱还有长寿。
任何人不能占有，
只能朝夕可享受，
哪怕你是英雄和领袖。
这是历史的规律，
顺其自然收获自由。

弯是直来直也弯

四

做　人

做人一颗善良心，
万般生灵都怜悯。
作恶施暴有报应，
苍天史书记详尽；
积德行善得好报，
三尺之外有神明。
日积月累善事行，
回报子孙报当今。

做人一颗平常心，
辱不丧气宠不惊。
千两银来万两金，
一日三餐过生平；
千幢房屋万般景，
夜来一张床上停。
顺其自然富和贫，
海阔天空任我行。

做人一颗知足心，
大事小事讲分明。
官大贪多上法庭，
官小廉正得民心；

财大不要喘粗气，
钱少一样腰板挺。
权贵财富莫攀顶，
知足常乐我独醒。

弯是直来直也弯

五

做　事

公平做事大如天，
正气平衡藏心间；
为官要知民苦甜，
谋利他人自清廉；
为商赚钱知深浅，
不义之财莫沾边；
为人做事辨忠奸，
半夜不怕鬼变脸。

做事公正正在前，
大义凛然只等闲；
莫把权贵捧上天，
莫遇贫穷嫌低贱；
识疑断案居中间，
待人接物不分脸；
百姓心中秤一杆，
几斤几两自分辨。

立人之本诚在先，
路路通达福手牵；
齐家之道诚在先，
五世同堂儿孙添；

为政之基诚在先，
盛世欢歌谱新篇；
经商之魂诚在先，
天降福喜有万千。

弯是直来直也弯

六

用　人

用人要知心，
因天因地任尔行。
给猴一棵树，
左右逢源猴行灵；
给虎一座山，
虎行风声地共鸣；
给鱼一条河，
鱼跃龙门敢扬名。

用人要知情，
何德何才因人定。
给鸟一片林，
鸟唱金来鸟颂银；
给龙一片海，
龙行天下朝天吟；
给雨一片天，
雷公有意天有情。

知人善任用人经，
恩威并重传真情；
看才观貌看人品，
各显所能众人敬。

弯是直来直也弯

七

亲吻与和谐

蜜蜂亲吻鲜花，收获了蜂蜜；
小草亲吻露水，增添了新枝；
鱼儿亲吻水面，永恒了相依；
春雨亲吻树苗，养育了挺直；
长空亲吻沃土，成就了天地；
星星亲吻月亮，满足了绚丽。
百川亲吻细流，汇聚了滔滔江洋霸气；
太阳亲吻大地，繁衍了万物生生不息！

沟通水渠一泻千里，
沟通心灵理解人世。
沟通是万物平衡的前提，
沟通在理解中飘飞彩旗！

弯是直来直也弯

八

清零与充电

箭若出弦先绷紧，
茶杯太满要叫停。
人生好似计算器，
算过三旬要清零。
加乘多用贡献新，
减除常算利和名。
时间老人记分明，
满位再计人生情。

岁月不留过往云，
叶落秋黄风留林。
知识好比手机电，
随时补充才丰盈。
读懂人生诗书吟，
三人之行有师寻。
谦恭充满虔诚电，
再照前方路如锦。

弯是直来直也弯

九

说　鬼

小时候常听父辈讲述《聊斋》，
鬼怪的故事耐人寻味又让人产生疑惑。
长大了我反思身边的昨天和今天，
感悟生活中“鬼怪”的缤纷异彩；
鬼斧神工是制造行业经典，
与众不同俗称鬼才；
“鬼点子”、“鬼把戏”有褒也有贬，
酒仙酒鬼把饭囊当酒袋；
鬼鬼祟祟、鬼蜮伎俩是心怀鬼胎，
装鬼、鬼扯、鬼混、鬼迷心窍是心术斜歪；
半夜不怕鬼敲门做人有坦荡胸怀，
糊里糊涂做事有可能鬼使神差。
谁见过世上真有鬼怪摇摆？
做人做事要保持良好心态；
堂堂正正，心底无私，身正不怕影子歪，
为国为民，忠于职守，人人都有美好的未来。

弯是直来直也弯

十

珍惜三宝

宇宙有三宝，
样样要记牢；
天地人是三宝，
相依相存永相交；
日月星是三宝，
朝晚交替祥瑞照；
儒释道是三宝，
信仰自由各有招；
佛法僧是三宝，
劝人慈善不动刀；
上中下是三宝，
进退有度亮节高；
精气神是三宝，
知足常乐开口笑；
失败、经验、成功是三宝，
不折不挠成功到；
过去、现在、将来是三宝，
谁是谁非记得牢。

苍天长存天不老，
大千宇宙有三宝，
劝君珍惜要记好，
铸造和谐最可靠。

弯是直来直也弯

十一

弯是直来直也弯

路有直来直也弯，
弯直都通山和川。
弯是诗的写真版，
直是书的摘录翻。
该弯不弯易折断，
该直不直难破关。
做事把握尺和度，
任我直来任你弯。

人有直来也有弯，
弯直都有长和短。
弯是道的全拓展，
直是理的去冗繁。
该弯就弯路不断，
该直就直破万难。
为人诚信敬十分，
任我直来任你弯。

睡和醒的诗

泥土和树根结合有了原野；
原野睡了，种子清醒；
种子和春天结合有了希望；
希望睡了，山河清醒；
山河与人类结合有了历史；
历史睡了，时间清醒；
时间与追求结合有了奇迹；
奇迹睡了，奋斗清醒；
奋斗与执着结合有了发展；
发展不睡，永远清醒！

偶　晕

偶是一只菜鸟天天泡网吧，
人人都说偶是一只大青蛙。
偶在网上网下网底用力爬，
怎么也不如对面那只大虾。
偶是钻石王老五，
想泡妞常常说梦话，
鉴定了美眉八百八，
稀饭一个小资名字叫莎娃，
天天和她反腐败，
爱老虎油说得很肉麻；
今天你做偶的girl friend 吧，
明天你是偶的领导说那悄悄话。
莎MM 一听脾气炸，
连说三声748、748、748；
你是一个大包子，
酱紫对你来惩罚；
偶要的boy friend 是摔锅，
有料有情是VIP 要送我大厦，
每天陪偶买东东，
常常聚会钞票任我花。
偶呼三声7456 气掉牙，
你是衰来你是傻瓜，
I 服了 you 你在说胡话，
见钱忘义是SJB 在发芽，

VIP看不起你心丑貌如花。
自己有料才能闯天下，
偶不再泡你发愤做猪娃，
网民从此夸偶是大虾。
养眼MM灰常对偶流口水，
送偶片片一大把。
High high high到天涯，
偶的前途美如画。

注：字下有下划线的是网络专用经典语言：

偶—我	晕—看不懂；非常惊讶。	菜鸟—网上低手
大青蛙—网上丑男	大虾—网上高手	钻石王老五—单身男人
泡妞—追女朋友	鉴定—看MM	美眉—妹妹
稀饭—喜欢	小资—单身女人	反腐败—请客
爱老虎油—我爱你	girl friend—女朋友	领导—老婆
MM—美眉	748—去死吧	大包子—长得难看
酱紫—这样子	有料—有本事	VIP—有钱佬
东东—东西	聚会—见面	7456—气死我了
SJB—神经病	猪娃—好孩子	养眼—好看
灰常—非常	流口水—羡慕	high—兴奋
片片—照片	衰—倒霉	摔锅—帅哥
Boy friend—男朋友		

平衡与和谐

撑天的是地，
捅破了藏不住气；
连山的舞台是海，
剪乱了唱不成戏；
男人的一半姓女，
断层了人类会止息。
女娲补天，
盘古辟地；
平衡呵护宇宙，
和谐捍卫人类生计。
天地就是这个理，
延伸了创造奇迹！

酒仙和酒鬼

有一种感觉靠积累，
生活中当酒仙还是做酒鬼？
一日三餐餐餐喝酒称酒鬼，
三个酒鬼三分酒变为酒仙会；
健康逍遥满脸红霞飞，
文思才涌善辨错与对。
一个酒仙六分酒变成酒鬼，
四眼看八方都是喝酒的嘴，
口口声声说没喝醉；
我是酒仙我怕谁，
喝干了长江还要喝酒水。
冒犯了朋友伤了胃，
写在脸上字字句句都读悔。
做人做事如同喝酒辨分寸，
管好嘴、迈开腿，健康才会来跟随。
审时度势是走向成功并行的轨，
平衡掌握造福于己于民于社会。

四季风雨
水云电
（诗歌）

元旦感怀

叶落留下果实的笑容，
雪花搓散秋黄的花绒，
寒风揉碎水珠的冰洞，
冻天蕴藏新梦的春涌。
花残月缺是天地的恩送？
岁月轮转是苍老的认同？
如戏人生春夏秋冬，
淌过了冰封才见彩虹！

2012 年元旦感怀

迎　春

风拐弯演绎四季的传说，
花露脸歌唱绿叶的衬托，
草拔尖感谢暖阳的穿梭，
树挂果记录岁月的蹉跎；
水翻浪回忆冷暖的伸缩，
雁飞翔感受南北的交错，
迎天下知足现实的快乐，
春满怀敲响奋进的鼓锣。

收藏春天

收藏金钱，
不如收藏春天。
春天有希望的起点，
春天有干涸巧遇泉水的甘甜。

收藏房产，
不如收藏春天。
春天有缘分的缠绵，
春天有汗水伏笔丰收的诗篇。

收藏珠宝，
不如收藏春天。
春天有百变的新鲜，
春天有寒冬沉闷大地的翻脸。

收藏每一个春天，
收藏了五彩的变迁；
收藏每一个春天，
收藏了历史的岁岁年年。

博海有名都是友

祝博友“三八妇女节”快乐

轻轻地驾驶一叶扁舟，
慢慢地在博海中遨游。
十人百面行色匆匆，
千帆竞渡终难聚首。
分不清是老是少是女流？
有风有浪有雾罩头；
听不见是童是叟是男喉？
有山有石有水绕楼。
博海有名都是友，
何必较真犯忧愁；
天下只有男和女，
节日同庆同享受。

城里城外擂春鼓

春日有感

暖阳奏乐柳丝舞，
桃蕊李苞半山绿；
池塘波光画生灵，
城里城外擂春鼓。

清明节

南春北风抱清明，
今日断魂从古今；
纸船明烛寄相思，
列祖列宗烙心灵。

北方春钓

春唱池边柳，
寒哭水下流；
钓闲艳阳天，
鱼在笼中留。

龙年端午有感

（三　首）

一

月缺月圆又食粽，
龙年端午花最红，
枝繁叶茂春五洲，
果香东西南北中。

二

又听悲歌汨罗江，
文短史重忆流长。
勿学屈公轻此身，
留得青山瓜果香。

三

不读离骚装风骚，
不唱楚辞见钱捞。
污泥浊水挡横道，
汨罗江畔有谁跳？

秋钓有感

仲秋忽冷汇鱼塘，
渔友日落未开张。
独寻钓位闯新路，
锦鲤入囊一双双。

风雨水云电

冰是睡着的水，
风推千浪向东归。
云是奔跑的气，
雨写欢歌号角催。
气是哭痛的风，
冰演故事柔情追。
雷是震怒的云，
风唱情诗终不悔。
电是闪光的冰，
雷鸣开路鹊桥会。
风云争吵雨和雾，
水绕四季春又回。

中秋·月饼·杂感

（三　首）

传说与现实

一

饼藏纸条传墨香，
古有众志美名扬。
圆料随行遮手物，
今看月饼夹大洋。
凡情琐事钱开路，
铜臭变味原姓脏。
年年月圆饼又圆，
除却杂秽本色长。

二

假如后羿不开弓，
何来嫦娥奔月宫？
一日恩爱一生守，
百芳流世传诚忠。
今看后羿万千同，
抱回嫦娥南北中；
恩爱原是逢场戏，
几人白来几人红？

三

月宫伐桂累吴刚，
贪色恋美志为狂；
任你折破千把斧，
嫦娥情定心不慌。
笑看当今有吴刚，
送你宝马送你房；
嫦娥飞心出月宫，
坐你车来上你床。

游山玩水
（诗歌）

游龙虎山

2009 年 9 月 13 日，有幸游览江西龙虎山。这是张天师炼丹的妙地，这是千年悬棺未解密的绝处。这里有仙女私处的鬼斧神工，这里有大地之父惟妙惟肖的阳具。远山松柏滴翠，奇石抢画，近溪牛儿成双成对，那骑在牛背上的白鹤，悠闲地哼着小曲……

鬼斧神工话龙虎，银河飘落疑无路；
奇山抱水自成画，天人合一画中住。

游三清山

（三　首）

一

乘缆车抒怀

2009年9月12日，有幸游览三清山。我们从南部乘缆车上行，38分钟到终点站。一路上，缆车时而冲上山巅，时而俯入沟底。所过之处，上可触摸云彩妹妹衣衫，下望峭壁千仞，心惊肉跳。

小溪汩汩撞心底，白云轻轻牵我衣；
千难万险脚下踩，和谐平衡最是理。

二

峭壁松

朝山顶攀登，只见千仞绝壁之上，那满脸皱纹的、年轻力壮的、少年风发的、乳臭未干的，一株株长在峭壁之上的松树，或群居，或杂处，或金鸡独立，或斜躺，或直立。他们都无怨无悔，彰显一派生机。

雷鸣电闪身不动，日晒雨淋傲苍穹；
借问松君何长寿，根深藏进沃土中。

三

呼唤三清山

正值旅游旺季，可游客并不多。有着深厚历史背景的三清山，为什么这样呢？知名度、知名度，正是要呼唤知名度。

葛洪药筐未成灰，道长传说史为贵；
奇山舞臂写佳句，松藤嬉笑戏溪水；
山前鸟聚车马稀，缆车上下不喊累；
好酒也要吆喝卖，来日三清天下最。

天下最牛男女性器

阴阳平衡产生万物，男女交配繁衍后代。造物主不仅把阴阳赐予天，赐予地，赐予凶善美丑动物，赐予千姿百态植物；还把那男人的阳具演化为独立的山峰，把女人的私处复印在峭壁之间，它要告诉人们什么呢？

天工造物本无羞，阴阳平衡解千愁；
玉皇王母走一遭，人间宝贝比我牛。

埃及行

（三　首）

一

神　庙

巨石入云传古今，
图腾缠绕显神灵。
莫笑他人敬石头，
沙漠神庙天下惊！

二

七彩人种

肤色不同歌能通，
语言不懂画可融，
有朝一日大一统，
汉语天下最走红。

三

金字塔

古塔千年耸云天，
文明古国寻根源。
百年回首写史篇，
中华振兴排最前。

游野鸭湖

湖中不见野鸭飞，
家鸭抢食聚成堆。
风动波涌翻芦絮，
天鹅怕羞把家归。

2009 年 10 月 2 日于京郊野鸭湖

游康西草原

秋风吹破草根黄，
康西草原马瘦长。
游子一曲高歌唱，
八月十五思家乡。

2009 年 10 月 3 日于京郊康西草原

另眼看西湖

（三　首）

一

天下美水波清波，
超越西湖何其多；
独享神州美名传，
文人骚客墨成河。

二

西湖风大波不惊，
水清岸美浪平平；
蛟龙翻腾要天地，
还飞大海去远行。

三

鸳鸯白头湖中游，
岸边情侣倒影瞅；
万物生灵都有爱，
几多真来几多愁？

2010 年 4 月 25 日于杭州西湖

另眼看世博

（四首）

一

人海与汗流

星月催早，
华灯助跑，
东边起风西边潮。
人海滔滔，
汗流淹腰，
卷动热浪千尺高。
人挤人，
亦步亦趋步步熬。
肉贴肉，
咫尺为营半尺少。
日上三竿人未老，
蓦然惊叹：
到了，到了！

二

外国馆

浓缩了五洲精华，
演唱了科技奇葩；

翻开了大国史书，
领略了异邦文化。
弄几张图片要要，
蜻蜓点点水生花；
小国小馆小拨拉，
另类风景也入画。

三
世博护照

一次经典策划的体现，
一本合法伪造的纪念。
去东馆留个露脸，
到西厅盖戳道声再见；
小小国不留印鉴，
大美国拒章拒签。
留给子孙一段故事，
讲给亲邻一次悬念。

四
看世博　讲技巧

有关系，要用好；
进园区，不烦恼。
是贵宾，有通道；
讲特权，费时少。

没后门，起大早，
带干粮，水不少；
过安检，早点到。
进场馆，要有招；
见人少，快入道；
高峰期，看国小；
四五个，不要少。
中午过，变通道，
美洲区，先观小，
五点前，看个饱。
五点后，人退潮，
排大国，好时效；
两三个，正是好。
黄昏到，欧洲跑，
选大馆，能赶到。
月儿明，星星照，
腿儿酸，心乐陶；
细盘点，不少了。
第二天，再起早，
又如此，收获高。
没工夫，功也告，
快回家，早报到。

注：2010 年 9 月 27 日游上海世博，进了 18 个馆，看了 27 个国家。

民以食为天
（杂谈）

食为天　味称王

一

108 个中华名吃之 1～21

敦煌双塔鱼，泉州姜母鸭，彭州九尺板鸭；
周庄万三蹄，喀什馕坑肉，南阳道口烧鸡；
太原过油肉，柳州螺丝鸡，郑州鲤鱼三吃；
湛江本地鸡，长春地三鲜，天水三水杂烩；
北京涮羊肉，吉林狗肉汤，洛阳连汤肉片；
珠海黄骨鱼，重庆老火锅，厦门水煮活鱼；
成都石磨豆花，高雄蚵仔煎，银川雪花羊肉。

鸟为食亡，人为吃死。宁可七日无肉，不能一日缺粮。

食为天，味称王。穷人吃饭讲饱，富人就餐比好；无钱吃饭论堆，有钱用膳讲精；富人一餐饭，穷人半年粮；穷吃粗茶淡饭不一定是坏事，富吃山珍海味未必带来幸福。烹有烹的办法，吃有吃的讲究；粮要五谷杂粮搭配，菜要色香味美造型。川菜、粤菜、湘菜、苏菜、沪菜天下发扬光大，徽菜、京菜、鲁菜、闽菜、浙菜神州各有千秋。八大名菜各有各的精华，十大名菜各有各的奥妙。

一方水土养一方人，一方人吃惯一地菜。喜怒哀乐怨感知人生风风雨雨，酸甜苦辣麻味觉长年一日三餐。

家有房产千幢，夜宿一张床足矣；拥有美食万千，一日三餐够哉。吃食要慢咽，做人要厚道；无钱不要低三下四，有钱不可趾高气扬。

平常心、知足心、感恩心、慈善心，四心伴你行天下，胜也！！！

食为天　味称王

二

108个中华名吃之22～42

延吉狗肉火锅，顺德菊花鱼生，广州老火靓汤；
台北鸳鸯火锅，台南爆炒鳝鱼，大连咸鱼饼子；
邵阳猪鱼丸子，安阳扣碗酥肉，石家庄抓炒全鱼；
泸州鱼头火锅，龙岗酒醉母鸡，秦皇岛清蒸海鲜；
梅州客家酿豆腐，成都泡椒墨鱼子，海口沙锅文昌鸡；
南昌藜蒿炒腊肉，赣州赣南小炒鱼，宜宾黄辣丁火锅；
湘潭毛家红烧肉，南川方竹笋全席，三亚金瓜加积鸭。

钻木取火进化了人类，熟食进餐提高了智商。

聪明的人类完善了烹饪，千种美食调高了口味。

一款美食原材料是基础，好技术是含量，方法是关键，器皿是外衣。

一道佳肴采购是核心，厨师是主体，烹饪是保证，摆设是添锦。

一桌美餐组合是前提，营养是关键，大厨是龙头，味道是实质。

烹饪常用技法二十四，依菜论品看仔细：

特火烹制有炒、爆、煎、炸；大火烧制有烹、炝、熘、烧；中火用途有蒸、煮、烧、贴；慢工微火有炖、卤、焖、烤，不急不火有拌、腌、烩、冻；特殊烹法有熏、卷、拔（丝）、蜜（汁）。

传统器皿八大件，少了一件做不成席：

是厨师会哼“锅、碗、瓢、盆”曲；

是帮手劲舞“汽锅”、“蒸笼”灶边舞；

是主妇唱红“花碟”、“彩盘”歌；

是行家玩弄八大件于股掌之中。

国有国宴，家有家筵，待人请客分贵贱。豪华一餐吃掉半个小企业，囫囵一饱只值十元钱；国宾国宴讲究少而精，山人布衣追求大而多。

人与人不多，花有别样红。官不要同官斗，民不要与官比；人不要与人比，富不与富斗；南不要与北比，穷不与富比。

做人要讲理讲德，饮食要粗茶淡饭，家无黄金万两，不与他人争短长。随遇而安，一日三餐有量有质，足矣；铺张浪费，花天酒地，可悲可恶，唾之。

食为天　味称王

三

108 个中华名吃之 43～66

金华兔头煲，上海炒鳝糊，唐山酱汁瓦块鱼；
杭州老鸭煲，永州炒血鸭，凤凰苗家粉蒸肉；
腾冲大救驾[*]，凯里酸汤鱼，萍乡辣子炒熏肉；
阳朔啤酒鱼，长沙口味虾，开封芝麻翅中翅；
成都谭鱼头，无锡肉骨头，南京芦蒿炒香干；
四川香辣蟹，成都毛血旺，扬州蟹粉狮子头；
延安羊腥汤，重庆水煮鱼，绍兴梅干菜烧肉；
德州扒鸡，道口烧鸡，呼伦贝尔烤羊腿。

有钱吃遍天下，有艺天下通吃，有才不缺衣食。

种瓜得瓜，种豆得豆，种民心得天下。

冬吃萝卜，夏吃姜，均衡营养不喝药草汤；

饭前先吃水果，先喝汤，科学用膳寿延长；

做人要忠诚老实，做事要坚强果断，进餐要细嚼慢咽。

大鱼吃小鱼，小鱼吃小虾，小虾啃泥沙，泥沙傍树叶，树叶靠树干，树干汇森林，森林藏动物，动物论强弱，凶猛欺懦弱，大个吃小号，小号吃细虫，细虫喂鱼虾，鱼虾养大鱼。一串长长的食物链养活一串长长的动植物，一条形形色色的生物链繁衍壮大大千世界，一套又一套没完没了的吃吃喝喝维系着生态平衡。

天为大，地为阔；四面为阔，八方为大；食为大，味称王。饱食为首，精美次之；多数吃饱，少数吃好。有吃有喝安天下，缺粮少食生祸殃；饱汉哪知饿汉饥，饥不择食都称奇。养儿防老，积谷防饥。家有稻谷千仓，不可乱抛一粮；有钱有粮莫比富，无钱无粮自奋强。贵而不显，华而不炫；一日三餐山珍海味，未必完美团圆；滋味浓时，钱粮多余，减三分请人尝，此聪明人之作为也。

食者，人良也。善积美食，善待美食；善用美食，善施美食；言行有善，其人也善，善哉。

注：*为饵块。

食为天　味称王

四

108 个中华名吃之 67 ~87

洛阳连汤肉片，安阳扣碗酥肉，南通天下第一鲜；
苏州葱烤鲫鱼，高邮香酥麻鸭，绍兴梅干菜烧肉；
芜湖芥菜圆子，潮汕卤水鹅掌，宁波雪菜笋丝汤；
丽江牦牛火锅，拉萨生牛肉酱，温州红烧梭子蟹；
贵阳花江狗肉，承德万字扣肉，大理翠梅酸辣鱼；
桂林爆炒乌鸡，武汉香菜圆子，房县清炒小花菇；
湖北沔阳三蒸，烟台蝎滚绣球，襄樊泡菜牛肚丝。

平衡生天下，食物养生灵；动植物有密码，食物链有钥匙。生为一个吃字，活为一个吃字；好为一个吃字，孬为一个吃字。吃字大学问，吃字有科学；吃字有奥秘，吃字有玄机。

千种食物千种味，万般食物万样品。烹调不同味各异，配搭有异反差大；科学烹调好营养，乱点鸳鸯要人命。

各位看官听仔细，食品不可乱搭配，下列食品要注意，轻则中毒重要命：

猪肉与菊花相克，猪肉与百合相克；肉与杨梅子相克；猪肝与雀肉相克，牛肝与鲇鱼相克；羊肉与竹笋相克，羊肝与红豆相克，羊肝与竹笋相克；鹅肉与柿子相克，鸡肉与菊花相克，鸡肉与芝麻相克，鸡蛋与消炎片相克；狗肉与绿豆相克，马肉与木耳相克，驴肉与金针菇相克。

鲤鱼与咸菜相克，鲤鱼与甘草相克，鲤鱼与南瓜相克，鲫鱼与蜂蜜相克。虾与富含维生素 C 的食物相克，虾皮与红枣相克，虾与南瓜相克。

螃蟹与石榴相克，螃蟹与香瓜相克，螃蟹与南瓜相克。毛蟹与泥鳅相克，毛蟹与冰相克，毛蟹与茄子相克，毛蟹与蜂蜜相克。

海鱼与南瓜相克，田螺与蚕豆相克；田螺与蛤相克，田螺与玉米相克。生鱼与牛奶相克，墨鱼与茄子相克，鲶鱼与牛肉相克，芹菜与甲鱼相克，芹菜与菊花相克，芹菜与鸡肉相克。

韭菜与牛肉相克，竹笋与糖浆相克；西红柿与咸鱼相克。红豆与羊肚相克，洋葱与蜂蜜相克。红糖与皮蛋相克，糖精与蛋清相克，糖精与甜酒相克。

咖啡与香烟相克，酸牛奶与香蕉相克，牛奶与菠菜相克，酒与咖啡相克，白酒与胡萝卜相克。

切记，切记。

食为天　味称王

五

108 个中华名吃之 88～108

北京涮羊肉，成都龙抄手，广汉连山回锅肉；
成都担担面，湖南麻阳鹅，厦门菊花酿鱼肚；
重庆黄花鱼，伊犁煮马肉，北京全聚德烤鸭；
香港卤烧腊，黑龙江杀猪菜，东北猪肉炖粉条；
西宁夹沙牛肉，长沙剁椒鱼头，昆明鸡杂炒干巴菌；
西安羊肉泡馍，成都二姐兔丁，乌鲁木齐手抓羊肉；
重庆邮亭鲫鱼，湖南芷江鸭，西双版纳傣味拼盘。

有钱人变着法吃天上飞的，地上跑的，海里游的，塘里养的。无钱人拼凑着吃最便宜的，能入口的，可填饱肚的，死不了人的。

丰年时花天酒地，挑肥拣瘦，吃山珍，吃海味，吃贵重，吃稀有；灾年时度日如年，节衣缩食，吃草根，吃树皮，吃野菜，吃观音土。

衣来伸手，饭来张口，坐吃山空，吃光家中钱粮万千；艰苦奋斗，省吃俭用，合理吃穿，白手起家变成富翁，

大千世界，上下五千年，一吃观天下，一吃写历史。怎一个“吃”字了得：吃有歌舞升平，太平盛世；吃有琴棋书画，花前月下；吃有天翻地覆，乾坤扭转；吃有大义凛然，光明磊落，吃有鬼鬼祟祟，阴谋诡计；吃有刀光剑影，绝色美女；吃有庆功报捷，借酒浇愁；吃有交男嫁女，生儿育女；吃有粗茶淡饭，美味毒药……

怎一个“吃”字了得：吃出了“饮水思源”，吃出了“味如鸡肋”，

吃出了“煮酒论英雄”，吃出了“杯酒释兵权”，吃出了“卧薪尝胆”，吃出了“鸿门宴”……

吃啊，吃啊，吃遍了生灵，吃掉了家业，吃掉了家底。好一个貔貅，把自己也吃掉了。

国以农为本，民以食为天，食以味称王。

食为天　味称王

六

名茶、名烟、名酒、十大残忍菜

中国十大名茶

西湖龙井，洞庭碧螺春，黄山毛峰，庐山云雾茶，六安瓜片，君山银针，信阳毛尖，武夷岩茶，安溪铁观音，祁门红茶。

中国十大名烟

红塔山，中华，云烟，白沙，红河，一支笔，芙蓉王，将军，大红鹰，黄果树。

中国十七大名白酒

茅台，五粮液，泸州老窖，西凤酒，双沟大曲，汾酒，洋河大曲，古井贡，剑南春，郎酒，董酒，全兴大曲，黄鹤楼酒，沱牌曲酒，宝丰酒，宋河粮液、武陵酒。

中国十大残忍菜

第十名：龙须凤爪；

第九名：烤鹅掌；

第八名：铁板甲鱼；

第七名：风干鸡；

第六名：碳烤乳羊；

第五名：活叫驴；

第四名：汤浇驴肉；

第三名：三吱儿（三叫）；

第二名：活吃猴脑；

第一名：借腹生子（风干的胃囊）。

“神农开尝百草，日遇七十二毒，得茶而解之。”

“清茶一杯也醉人。”

茶有茶经，茶有茶道；茶有讲究，茶有论理；茶有历史，茶有文化。

基本茶有绿茶、黄茶、白茶、青茶、红茶、黑茶。

加工茶有花茶、紧压茶、萃取茶、果味茶、药用保健茶、含茶饮料。

以茶待客，以茶会友；以茶代酒，以茶思源；以茶联谊，以茶作礼；以茶廉政，以茶育人。

生人，客人上门，上茶；长辈，上级登门，敬茶；朋友，同学上门，论茶；生意，业务上门，吃茶；情投意合，品茶；与心上人品茗，用心去品。

烟按种类分有：晾晒烟、烤烟、白肋烟、黄花烟、雪茄、药烟、香料烟。

吸烟点燃吸入的有：纸烟、叶卷烟、旱烟、水烟；不点燃吸入的有：鼻烟、吃烟。

劝君莫吸烟，吸烟百害而无一利。

一支香烟的尼古丁，可毒死一只小白鼠；

25 克香烟的尼古丁，可毒死一头牛；

40 ~60 毫克纯尼古丁，可毒死一个人。

无酒不成席，无酒缺气氛。酒过三巡要清醒，菜过五味要知足；酒后不开车，饭饱不运动。

白酒分类有酱香型、浓香型、清香型、米香型、其他（兼香）香型。

白酒酿造方法可分固态法、固液结合法、液态发酵法。

吃酒、喝酒、饮酒、品酒、醉酒、烂酒，一字不同有学问，一字相差分层次，一字差异看品行，一字之分见级别。

喝酒喝气氛，喝酒看场合，喝酒看来头，

喝酒喝气质，喝酒喝金钱，喝酒喝文化。

喝酒讲传统文化，喝酒讲地域文化，喝酒讲本土文化，

喝酒讲世俗文化，喝酒讲等级文化，喝酒讲功利文化，

喝酒讲权力文化，喝酒的最高境界是“土匪文化”。

植物有情，动物有爱，万千生灵莫虐待；
嘴上忌口，刀下留情，生物天地要和平；
文明吃喝，杜绝滥杀，平和心态不浮华；
粗茶淡饭，均衡营养，天下和谐人寿长。
古人云：恶有恶报，善有善报；不是不报，时候未到。

食为天　味称王

七

食物相克与解救方法

甲鱼忌苋菜、食则死亡。解救：吃空心菜汁。

鲤鱼忌甘草，食则死亡。解救：吃麻油二两。

鱼肉忌鲜枣，食则死亡，无解。

石榴忌生葱、大蒜，食则死亡。解救：吃韭菜汁。

蜜糖忌生葱、大蒜，食则死亡。解救：米炒枯研末，再用甘草二两煎水，调糊吃。

湖蟹忌柿子，食则腹泻，食多则死亡。解救：喝绿豆汤或吃藕节。

茶煮青蛙，食则死亡，无解。

鹿肉忌南瓜，食则死亡，无解。

洋葱忌癞蛤蟆，食则死亡。解救：车钱子一两，水煎服。

黄疸病忌马肉，食则死亡，无法解救。

兔肉忌芥菜，食则死亡，解救：吃杨梅水二两。

鸡肉忌菊花，食则死亡。解救：细辛一钱，川莲五分水煎服。

鸡蛋忌糖精，食则中毒，多食死亡。解救：牛黄五分，开水煎服。

孕妇不可多吃螃蟹，食多死亡。无救。

抬头黄鳝（即扁尾巴），不可吃，食则死亡，无解。

狗肉忌蒜头，食则血病。解救：吃人乳。

蜜糖忌豆腐，食则会耳聋。解救：吃人乳。

猪肉忌甘草，食则中毒。解救：喝绿豆汤。

杨梅忌鸭肉、羊肉，食则中毒。解救：吃人乳。

白酒忌柿子，食则头昏，食多死亡。

白酒忌柿子，食则胸闷。解救：韭菜红枣各半斤，水煎服。

螃蟹忌泥鳅，食则中毒。解救：吃黄泥水。

螃蟹忌香瓜，食则中毒。解救：吃柑橘皮。

蜜糖忌鲫鱼，食则中毒。解救：吃甘草水。

蜜糖忌毛蟹，食则中毒。解救：吃甘草水。

红柿子忌棒冰，食则中毒。解救：穿心莲二两煎水服。

梨子忌开水，食则泻肚。解救：吃氯霉素二片。

猪肉忌田螺，食则易脱毛发。解救：喝绿豆汤。

鲫鱼忌冬瓜，食则脱水。解救：喝空心菜汁。

蟹忌生花生，食则中毒。解救：喝黄泥水。

羊肉忌南瓜，食则恶心。解救：喝甘草水。

羊肉忌西瓜，食则伤元气。解救：甘草煎水服。

兔肉忌芥菜、木耳，食则中毒。解救：吃杨梅水。

虾忌金瓜，食则拉痢。解救：吃黑豆或甘草水。

鸡肉忌李子，食则拉痢。解救：吃鸡屎白。

鸭蛋忌李子，食则中毒。解救：吃黄泥水。

鸡蛋忌消炎片，食则中毒。解救：吃黄泥水。

鳝鱼忌红枣，食则易脱须发。解救：吃蟹。

毛蟹忌茄子，食则中毒。解救：吃藕节。

韭菜忌牛肉、蜜，食则中毒。解救：吃人乳或果汁。

田螺忌面条，食则中毒。解救：吃黄泥水。

田螺忌蚕豆，食则绞肠痛。解救：吃童尿。

麦芽糖（饴糖）忌竹笋，食则中毒。解救：喝绿豆汤。

甜酒忌味精，食则中毒。解救：炙甘草煎水服。

不可单用生姜下烧酒，食则胃绞痛，烂肝肠。

（搜集整理资料。以上食物不可同烧煮或同时食用，仅供参考，如发生食物中毒，应及时送医院）。

鸟为食亡，人为吃死。

金木水火土相生相克，瓜蔬果菜粮养命养生；百草成药大小多少匹配有方，食物相克组合有序解救有法。

爱一个人，请他粗茶淡饭，一日三餐，均衡营养；

恨一个人，请他山珍海味，暴饮暴食，挺肚发体。

百姓居者有其屋，食则常能饱肚，知足者常乐，长寿矣；

贪官贪污无限制，食则大鱼大肉，无休止自娱，自毙也。

工作、事业、成就向高标准看齐，一生奋斗，清世留名也；

享受、饮食、居住向低水平靠拢，坚持不懈，延年益寿也。

择业、选向、交友要三思而行之，不要“入错行”，“嫁错郎”；

居住、行为、餐饮要避险而择之，不要“居恶地”，“吃毒粮”。

择最险最毒之食而弃之，选最好最快之物而救之。可也。

诚信

（杂谈）

从古秤说诚信

古人曰：诚信是立人之本，齐家之道，为政之基，经商之魂。

我国古代的秤，秤砣谓“权”，秤杆谓“衡”，而称重量时，秤砣和秤杆要合在一起使用，故称“权衡”，现在仍把称重量的器具称衡器。从前曾使用16两秤，相传16两秤上的秤星，每一颗代表一颗星宿，它们是：北斗七星（天枢、天璇、天玑、天权、玉衡、开阳、摇光），南斗六星（殉星、妖星、义星、仁星、将星、慈母星），再加上福星、禄星、寿星三星。

最早的秤是13两一斤，其秤星是根据北斗7星和南斗6星共计13颗星设计而成。16两秤是因为人们在实践中发现不断有小商贩短斤少两，于是在制秤的过程中，就在原来的13颗星上添了代表“福禄寿”的3颗星，意思是如果商贩短斤少两就会折损福禄寿，少1两叫“损福”，少2两叫“伤禄”，少3两叫“折寿”。在秤杆上嵌这16颗星时，其星的颜色必须是白色或黄色，不能用黑色，暗喻做生意要心地纯洁，不能昧良心（黑心）。由此可见古人在发明秤时所费的苦心。这些秤星时时刻刻在告诫生意人：买卖要公平，不能短斤少两，否则就是在伤害你自己。

祖先们的想象力着实了得，能把茫茫宇宙的星辰凝聚到秤杆上，赋予神圣的意义。古人认为南斗主生，北斗主死，已然生死攸关，更把福、禄、寿置于重要位置。古往今来，哪个不追求福禄寿？唯其如此，人们又把称作为衡量是非曲直的尺子，赋予秤公平、公正、诚信的品格，有人人心里有杆秤的说法。电视剧《宰相刘罗锅》还把秤杆上的星和官员的清正廉洁联系起来，歌词道：天地之间有杆秤，那秤砣是老百姓，秤杆子哟挑呀挑江山，你就是那定盘的星……

现在市场上短斤少两司空见惯，进入市场经济，蝇头小利把商贩的头弄昏了，所谓人心不古。只是他们不明白，小胜靠智慧，中胜靠实力，大胜靠德行。靠短斤少两、假冒伪劣，可以一时一地得点昧心钱，终究成不了大气候，要想做成大事，心里还得要有杆公平秤。

当今社会，诚信缺失，道德底线突破。一些商业企业具体表现在产品不诚信，合同不诚信，价格不诚信，服务不诚信等；一些官员或特权者表现在欺上瞒下、阳奉阴违、中饱私囊、贪污腐化等。

人在为，天在看；
邪在为，正在记；
假在为，真在录；
诚在为，功在报！
虚假作恶，祸及子孙；
诚信为基，利在自身！
诚信有诗，催人奋发！
诚信有歌，心欢路宽！